# Dumme Sprüche

Diana Pyter

# Dumme Sprüche

Bassermann

Der Text dieses Buches entspricht den Regeln
der neuen deutschen Rechtschreibung.

ISBN 3 8094 1791 2



Umschlaggestaltung: Atelier Versen, Bad Aibling
Konzeption, Layout, Umsetzung: Medienagentur, Augsburg



Satz: Medienagentur, Augsburg
Druck: GGP Media GmbH, Pößneck

Printed in Germany
817 2635 4453 6271

# → Inhalt

# → Vorwort

## Liebe Leserin, lieber Leser,

Humor ist die beste Waffe gegen die kleinen und größeren Anfechtungen des Alltags. Doch eine spitze Zunge braucht ständig neue Munition, um Schlagfertigkeit zu trainieren und Angriffe auf die Lachmuskeln anderer starten zu können. Dieses Buch bietet Ihnen jede Menge verbale Munition und damit das beste Rüstzeug für Ihren Feldzug gegen Humorlosigkeit und Langeweile. Garantiert finden auch Sie reichlich Passendes auf den folgenden Seiten, übersichtlich gegliedert in 33 Kapiteln. Kaum ein Thema bleibt in diesem Buch außen vor. Mit den dummen Sprüchen über dies und das sind Sie bestens für den Alltag vorbereitet. Zuerst werden zwischenmenschliche Beziehungen kräftig auf die Schippe genommen, um danach Schule und Beruf so richtig zu verballhornen. Auch Hobby und Freizeit, Wirtschaft, Technik, Natur und Kultur bleiben nicht vor kleinen Nettigkeiten verschont. Kurzum: Hier finden Sie alles, um demnächst jedem noch so redegewandten Gegenüber kräftig Paroli bieten zu können oder einfach Stimmung in eine gesellige Runde zu bringen. Halten Sie sich dabei bloß nicht an den dummen Spruch: „Eine spitze Zunge ist unerlaubter Waffenbesitz!“, sondern eher an die Devise: „Mensch ärgere dich nicht, ärgere andere!“ Aber, und das müssen Sie mir versprechen, immer mit einer kräftigen Portion Humor! Manchmal wird es vielleicht nur ein amüsiertes Kopfnicken sein, dann wieder ein leichtes Schmunzeln, mit dem Sie die Zitate auf den folgenden Seiten er-lesen – aber mit Sicherheit ernten Sie oft schallendes Gelächter, wenn Sie den einen oder anderen dummen Spruch zum Besten geben. Denn wie sagte schon Charles Dickens? „Nichts auf der Welt wirkt so ansteckend wie Lachen und gute Laune!" In diesem Fall lassen wir uns doch gerne anstecken, haben wir doch die passende Medizin gleich parat: den Humor. Und um es mit den Worten des englischen Literaten William M. Thackeray zu sagen: „Humor ist eines der besten Kleidungsstücke, die man in Gesellschaft tragen kann!" Wer keinen Humor hat, ist jedermann hilflos ausgeliefert. Frei nach Schiller, der sagte: „Wer über alles lachen könnte, würde die Welt beherrschen!" Beim Durchblättern dieses Buches müssen Sie sich nicht beherrschen, lassen Sie Ihren Lachmuskeln freien Lauf...

Und wenn Sie über den einen oder anderen Spruch dann doch nicht lachen können, nehme ich das auf meine Kappe – nach der Devise von Franz Josef Strauß:

**„Everybody's darling**
**ist everybody's Depp!"**

Viel Spaß beim Lesen und beim Sprücheklopfen wünscht
Ihnen Diana Pyter

# 1. Dumme Sprüche über dies und das

**Ich liebe die Menschen, nur Leute kann ich nicht ausstehen.**

# → Über die menschlichen Dinge im Leben ←

**Wer nicht genießt,
wird ungenießbar.**

DIE ENERGIE, DIE WIR BRAUCHEN,
BEKOMMEN WIR AUS DEM STROM,
GEGEN DEN WIR SCHWIMMEN.

Ein Pessimist ist ein Mensch,
der von zwei Übeln beide wählt.

Der Wahnsinn nimmt zu,
die Vernunft bleibt schlank.

Ich erschrak, als ich merkte, dass ich so bin, wie man ist.

**Alles wird von Tag zu Tag schwerer –
ich auch.**

Es war schon immer etwas teurer,
keinen Geschmack zu haben.

**Wenn die Klügeren immer nachgeben,
geschieht nur das, was die Dummen wollen.**

**Wir wissen nicht, was wir wollen,
aber wir wollen es trotzdem.**

**Wir suchen Menschen, die bereit sind,
unten anzufangen ... und auch dort zu bleiben.**

LIEBER AUF DEM FALSCHEN DAMPFER
ALS MIT ALLEN IN EINEM BOOT.

Nicht jeder, der die Bretter, die die Welt bedeuten betritt, merkt, **dass er auf dem Holzweg ist.**

Allen ist das Denken erlaubt,
doch vielen bleibt es erspart.

Ich wollt', ich wär ein Teppich.
Dann könnte ich jeden Morgen liegen bleiben.

Ich bin zu allem fähig,
aber zu nichts zu gebrauchen.

*Man kann die Welt oder sich selbst ändern.*
*Das Zweite ist schwieriger.*

**LIEBER SONNE IM HERZEN
ALS SCHATTEN AUF DER LUNGE.**

**Wussten Sie schon,**
dass es bei den Chinesen auch Schlitzohren gibt?

**Erfahrung ist das, was bleibt,**
**wenn man nichts mehr hat.**

Man muss immer mit Leuten rechnen,
auf die man nicht zählen kann.

WIR HABEN UNSERE ZUKUNFT
SCHON HINTER UNS.

**Bitte verwirren Sie mich nicht mit Tatsachen,**
**meine Meinung steht fest.**

Wenn es uns schlecht geht, trösten wir uns mit dem
Gedanken, dass es noch schlimmer sein könnte.

**Wer offen ist für alles,**
**ist nicht ganz dicht.**

Und wenn es ganz schlimm ist, klammern wir uns
an die Hoffnung, dass es nur besser werden kann.

**Alles muss man selber machen –**
**sogar das Lachen.**

Anstatt immer nur das Beste geben zu wollen,
sollten wir lieber mal was Gutes tun.

**Der Klügere gibt nach, aber nicht auf.**

Es hat keinen Zweck, auf den Spiegel zu schimpfen.
Viele klagen über ihr schwaches Gedächtnis,
aber nur wenige über ihren schwachen Verstand.

**Nicht immer hört man's einem an, ob er sich geistig folgen kann.**

Mitleid bekommt man geschenkt,
Neid muss man sich erarbeiten.

**Kluge haben den Vorteil, sich dumm stellen zu können. Andersrum ist es schon schwieriger.**

Alles hat seine Grenzen,
nur die menschliche Dummheit ist unendlich.

**Intuition ist die Fähigkeit,**
**die Lage in Sekundenschnelle falsch zu beurteilen.**

Ich bin kein vollkommener Idiot – einige Teile fehlen.

Die echte Dummheit ist immer noch mehr wert
als eine falsche Weisheit.

**Es kommt nicht darauf an, wie gut man ist, sondern wie schlecht die anderen sind.**
*Stephan Schrüder*

Dem Aufrechten fällt selten etwas in den Schoß.

Man braucht sehr viel Geduld, um sie zu lernen.

**Mancher ist immer beschäftigt,
und tut nie etwas.**

**Nur wer nichts tut, macht nie Fehler.**

Wir leben alle unter demselben Himmel,
aber wir haben nicht alle denselben Horizont.
*Konrad Adenauer*

Manche werden vom Glück verfolgt,
aber die meisten sind schneller.

**KEINER IST UNNÜTZ.
ER KANN IMMER NOCH ALS
ABSCHRECKENDES BEISPIEL DIENEN.**

Lebe so, als sei jeder Tag dein letzter –
eines Tages wirst du Recht haben.

SCHÖNHEIT IST VERGÄNGLICH.
HÄSSLICHKEIT GEHT DURCH UND DURCH.

Alle Menschen sind gleich!
Gleich doof, gleich hässlich und gleich beleidigt.

Der Klügere gibt so lange nach, bis er der Dumme ist.

**WAHRE SCHÖNHEIT KOMMT MIT DEM ALTER.**

Lieber gut drauf
als schlecht dran.

Erfahrung ist der Name,
mit dem jeder seine Dummheit bezeichnet.

**Auch die Stimme des Gewissens hat mal Stimmbruch.**

Es fliegt dir alles Mögliche in den Mund,
aber kaum etwas in den Schoß.

Die Nase ist die Bohrinsel des kleinen Mannes.

Es genügt nicht, keine Ideen zu haben,
man muss auch unfähig sein, sie auszudrücken.

**Was lange gärt, wird endlich Wut.**

Du hast keine Chance, darum nutze sie!

**Dreht euch nicht um, der Frust geht um.**

Man hat's nicht leicht, aber leicht hat's einen.

Es gibt solche und solche, aber mehr solche als solche.

WER NACHTRAGEND IST,
HAT VIEL ZU SCHLEPPEN.

Eine scharfe Zunge ist das einzige Werkzeug,
das durch ständigen Gebrauch noch schärfer wird.

Meine innere Stimme ist gerade heiser.

Auch ein Milchgesicht kann viel Quark reden.

**Das einzige Problem beim Nichtstun ist, dass man nie weiß, wann man fertig ist.**

Konsequenz heißt, auch einen Holzweg zu Ende zu gehen.

Wer andere wie rohe Eier behandelt,
haut sie auch leicht in die Pfanne.

Alles behalten die Menschen für sich,
nur ihre Meinung nicht.

Ich kann allem widerstehen, nur nicht der Versuchung.

Ich könnte Berge versetzen - wenn nur jemand die lästigen Hügel davor wegräumte.

**Wer seinen Traum verwirklichen will, muss erst einmal aufwachen.**

Genie und Wahnsinn liegen dicht beieinander.
Aber die Dummheit ist breit gefächert.

***Sind Sie im Zweifel, murmeln Sie.***
***Sind Sie in Schwierigkeiten, delegieren Sie.***

Wenn man einen Namen hat, ist es egal, wie man heißt.

**Eine Hand wäscht die andere, zwei waschen den Hals.**

Die Grundlage von Flexibilität ist Entscheidungsschwäche.

KEINER KANN ÜBER SEINEN KURSCHATTEN SPRINGEN.

Herr, du hast mir das Können genommen,
nimm' mir auch das Wollen.

**Lieber auf großem Fuss leben als von der Hand in den Mund.**

***Lieber mehr Grips und weniger Grabsch.***

Lieber einen Spaßvogel
als einen schrägen Vogel.

Wer eine lange Leitung hat,
löst bei manchen Menschen einen Kurzschluss aus.

LIEBER EIN BLATT VORM MUND
ALS EIN BRETT VORM KOPF.

Wer andern in der Nase bohrt, ist selbst ein Schwein!

**Das Leben wär' nur halb so nett,
wenn nicht jeder einen Vogel hätt'.**

**Wenn die Zeit kommt, in der man könnte,
ist die vorüber, in der man kann.**

Wirbele nie mehr Staub auf, als du schlucken kannst!

**Man hat niemals Zeit, es richtig zu machen,
aber immer Zeit, es noch einmal zu machen.**

Nicht immer sind die, die das Gras wachsen hören,
auch bereit, es zu mähen.

**Pessimismus** – eine Weltanschauung
aus der Pechvogelperspektive.

**Jede Anpassung ist ein Absinken in die Durchschnittlichkeit.**

Viele Menschen hinterlassen Spuren.
Nur wenige hinterlassen Eindrücke.

Die wichtigste Erkenntnis ist heute die Menschenkenntnis.

Ich schätze den Menschen, mit dem man reden kann, mehr als den Menschen, der mit sich reden lässt.

Körperliche Abwesenheit ist besser als Geistesgegenwart.

**Gewinner versagen nie, Versager gewinnen nie!**

Zu einem guten Menschen gehört die Fähigkeit, die schlechten Manieren seiner Mitmenschen zu übersehen.

Solange man Pläne schmiedet, gehört man nicht zum alten Eisen.

**Es gibt zwei Arten von Menschen: solche, die Glück haben, und solche wie mich.**

**Wer Streit sucht, kann in der Wahl seiner Worte nicht unvorsichtig genug sein.**

Der heilige Dingsbums ist der Schutzpatron
der Vergesslichen.

**SAGE MIR DEINE MEINUNG UND ICH SAGE DIR, WER FÜR DICH DENKT.**

Zuerst machen wir am besten die Augen zu
und dann sehen wir weiter.

Das Leben ist ein Traum.
Man sollte aber auch Träume nicht verschlafen.

Man sagt, es gibt keine Probleme.
Aber wo wir sind, gibt es immer welche.

Ich bin glücklich, dass ich frei
und offen meine Meinung sagen darf.
Aber welche Meinung darf ich haben?

**Bei meiner liberalen Weltanschauung kann jeder Mensch tun, was ich will!**

Keiner macht, was er will,
keiner macht, was er soll,
aber alle machen mit.

**Wenn ich doch einmal meinen könnte, was ich sage!**

**Selbstgespräche geben einem die Chance, Recht zu behalten.**

Was man nicht im Kopf hat, hat man in den Beinen.

**Wer andere in die Grube schubst, fällt selbst nicht rein!**

ES GIBT NICHTS BÖSES, AUSSER MAN TUT ES!

Eine Glatze ist FKK auf höchster Ebene.

Objektiv sein heißt, nicht zu verraten, zu wem man hält.

Je weniger einer weiß, desto eher glaubt er jeden Scheiß.

**Wem nicht zu helfen ist, dem ist vielleicht zu schaden.**

Besucher machen immer Freude, wenn nicht beim Kommen, dann beim Gehen.

**Beachtung ist das Billigste, was man schenken kann.**

**Er konnte nicht bis drei zählen,
aber man musste mit ihm rechnen.**

Ein Theoretiker ist ein Mensch,
der praktisch nur denkt.

Als Mensch kann man vernünftig denken und
trotzdem unsinnig handeln.

**Versuchungen sollte man nachgeben.
Wer weiß, ob sie wiederkommen.**

**WENN DU NICHT WILLST, WAS MAN DIR TUT,
DANN TU' ES ANDERN, DAS TUT GUT!**

Jetzt kommen die sieben mageren Jahre,
danach hört die gute Zeit auf.

**Aller Umfang ist schwer.**

Das Stolpern lernt der Mensch von Fall zu Fall.

**DER GEIST IST WILLIG,
VOM FLEISCH GANZ ZU SCHWEIGEN.**

*Sei ein Optimist – zumindest so lange,
bis sie damit beginnen,
Tiere in Paaren nach Cape Canaveral zu bringen.*

# → Für den Alltag ←

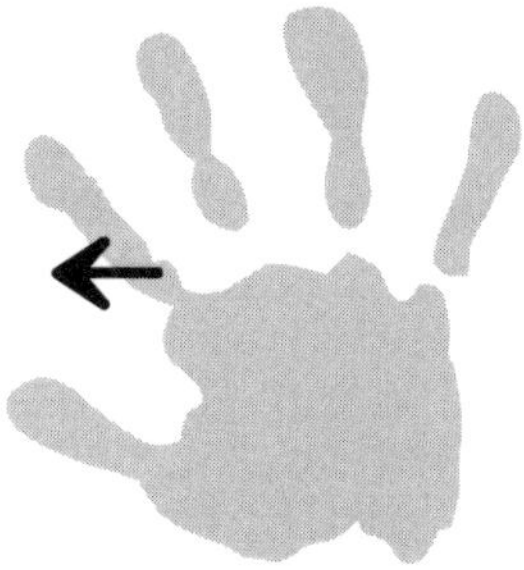

Sprüche klopfen ist leichter
als Steine klopfen.

***Wer Ordnung hält,***
***ist nur zu faul zum Suchen.***

**WER KRIECHT, KANN NICHT STOLPERN.**

Es gibt Leute, die können ihren Stammbaum
bis zu denen zurückverfolgen, die noch drauf saßen.

**Wer zuletzt lacht,**
**hat es nicht eher begriffen.**

Wer nicht lesen will, muss fernsehen.

Wer sich nicht bewegt, spürt seine Ketten nicht.

**Wer morgens zerknittert ist,**
**hat tagsüber viele Entfaltungsmöglichkeiten.**

**Wer Teppichböden richtig verlegt,**
**der findet sie auch wieder!**

**Denken Sie immer daran:
Jetzt sind die guten, alten Zeiten, von denen Sie in zehn Jahren schwärmen.**

An manchen Tagen geht alles schief,
dafür klappt an anderen gar nichts.

Was kann schon ein Tag bringen,
der mit Aufstehen beginnt.

**Willst du dir den Tag versauen,
musst du in den Spiegel schauen.**

*Wenn alle das täten, was sie mich könnten,
käme ich den ganzen Tag nicht zum Sitzen.*

**WENN ALLZU FRÜH DER MORGEN GRAUT,
DANN IST DER GANZE TAG VERSAUT.**

Was ist der Unterschied zwischen einem BH
und einem Pulli? Der eine hält, was der andere verspricht.

Man lernt jeden Tag etwas Neues,
wenn man nicht vorsichtig ist.

Dem Alltagsstress kann man entgehen,
vermeidet man es aufzustehen.

**Je kälter, desto draußen.**

# → Die besten Ausreden ←

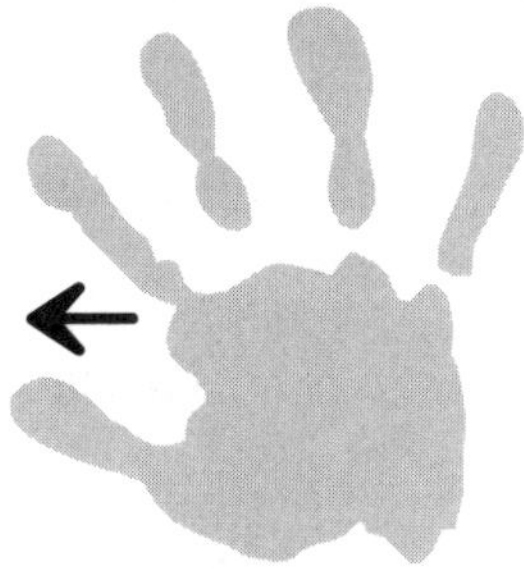

Ich würde meine Fehler ja zugeben, wenn ich welche hätte.

**Sorry, meine Gartenzwerge haben sich verprügelt.**

Sorry, aber bei diesen Spritpreisen konnte ich nicht reisen.

KONNTE NICHT KOMMEN! BIN IM INTERNET! HABE DIE ZEIT VERGESSEN.

Manchmal ist das Retten der gesamten Menschheit wichtiger als ein Date mit der schönsten Frau der Welt!

**Mein Hund hat meinen Terminplaner gefressen.**

Tut mir leid, aber die Kneipe hat erst um 11 Uhr aufgemacht. Ich kam nicht raus.

**Habe meine Konten bis Monatsende sperren lassen, weil mir jemand meine Scheckkarte geklaut hat. Bin daher im Moment nicht flüssig.**

**Mein Hund Willi soll Ihre Frau gebissen haben? Der kriegt doch nicht einmal zartes Filet durch.**

**Ja, ich bin Single. Oder siehst du etwa doppelt?**

Partnerschaft ist etwas für halbe Portionen.

Mein Meerschweinchen füllt mich emotional voll aus.

Habe in meinem früheren Leben derart viel Sport getrieben, dass ich jetzt meine Gelenke schonen muss.

Sei kein Frosch! Ich stehe nur auf Prinzen!

Jeden Morgen hetze ich der Straßenbahn hinterher – nur ohne Joggingschuhe.

Hab' mein Sparbuch verloren. Leihst du mir deines?

Hören Sie, Herr Bankdirektor, wenn ich Ihnen Sicherheiten geben könnte, wäre ich bestimmt nicht hier.

BIN AUF IHRER SCHLEIMSPUR AUSGERUTSCHT.

Wieso stammt der Haufen von meinem Schnuffi? Kennen Sie etwa die Scheiße sämtlicher Nachbarhunde?

**War heute morgen beim Arbeitsamt – schauen, ob es eine Alternative zur Schule gibt.**

# → Allerlei für jede Gelegenheit ←

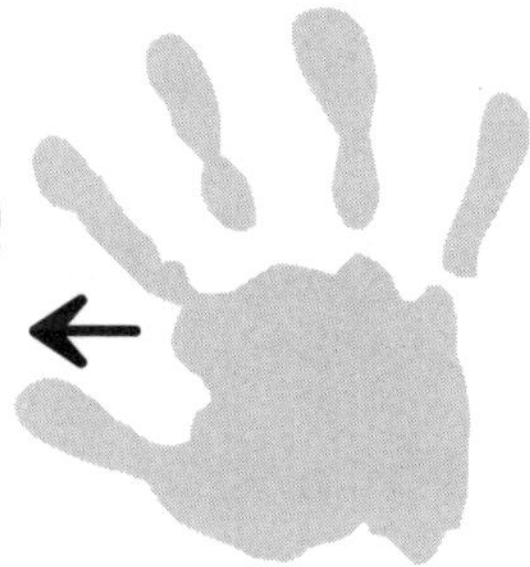

**Besser heimlich schlau als unheimlich blöd!**

Pünktlichkeit ist die Kunst, richtig abzuschätzen,
um wie viel sich der andere verspäten wird.

**Eine Null kann bestehende Probleme verzehnfachen.**

*Wer heute den Kopf in den Sand steckt,
knirscht morgen mit den Zähnen.*

Es werden wieder mehr Mauern als Brücken gebaut.

DIE ZUKUNFT IST AUCH NICHT MEHR DAS,
**WAS SIE MAL WAR.**

**Die nächste Steinzeit kommt bestimmt.**

DAS LEBEN IST HART, ABER UNGERECHT.

**Gestern standen wir am Abgrund,
heute sind wir einen großen Schritt weiter.**

*Ein Tritt in den Hintern sagt mehr als tausend Worte.*

Die Zeiten ändern sich, das Schlechte bleibt.

Lieber natürliche Dummheit als künstliche Intelligenz.

WIESO ANGST VOR DER ZUKUNFT HABEN?
DIE GEGENWART IST DOCH AUCH NOCH DA!

**Mich kann man nicht beschreiben,
mich muss man erlebt haben.**

Ich suche eine Antwort, wenn ich nur die Frage wüsste!

Hauptsache, es geht vorwärts –
die Richtung ist egal.

Eine gesunde Verdorbenheit ist besser
als eine verdorbene Gesundheit.

**Wir verstehen von allem nichts,
deswegen reden wir überall kräftig mit.**

Nieder mit der Schwerkraft –
es lebe der Leichtsinn.

**Einer für alle – und alles im Eimer.**

Lieber einen Sprung in der Schüssel,
als gar keine Tassen im Schrank.

**Lieber reich und gesund als arm und krank.**

Wer am Ende ist,
kann wenigstens noch mal von vorne anfangen.

*Wissen ist Macht, nichts wissen macht auch nichts.*

**Lieber Arm dran als Arm ab.**

**Lieber ein Wink mit dem Zaunpfahl
als ein Schlag auf den Kopf.**

Das Licht am Ende des Tunnels ist der Scheinwerfer
der entgegenkommenden Lokomotive.

AN MITGIFT IST NOCH KEINER GESTORBEN.

**Die fünf Sinne:**
Unsinn, Blödsinn, Stumpfsinn, Schwachsinn, Wahnsinn.

**Ein leerer Kopf ist leichter zu tragen.**

**Es gibt viel zu tun, warten wir es ab.**

**Schwach anfangen und ganz stark nachlassen.**

Ist der Ruf mal ruiniert,
lebt es sich ganz ungeniert.

Lieber grob gemustert als kleinkariert.

**Bei manchen Leuten ist ein Gehirnschlag ein Schlag ins Leere.**

Morgen ist immer der Tag,
an dem der Faule am meisten zu tun hat.

Lieber gemeinsam grillen als einsam schmoren.

Wenn einem das Wasser bis zum Halse steht,
sollte man den Kopf nicht hängen lassen.

**Wer gegen den Strom schwimmen will,
muss einiges schlucken können.**

Lieber ein Blatt vor dem Mund als ein Brett vor dem Kopf.

Lieber die Sau raus lassen
als die Bullen holen.

DAS LEBEN IST WIE SAUERKRAUT,
WOHL DEM, DER ES GUT VERDAUT.

Lieber mit der Flamme im Bett
als mit der Leuchte am Schreibtisch.

**Wer den Himmel auf Erden sucht,
hat im Geographieunterricht geschlafen.**

*Lieber Bier im Bauch als Wasser im Kopf.*

**Gegen Pechsträhnen sind auch Friseure machtlos.**

Das Leben wäre viel einfacher,
wenn's nicht so schwer wäre.

Glück allein macht auch nicht reich.

**Reden ist Silber und Ausreden Gold.**

**Mensch ärgere dich nicht – ärgere andere.**

**Lieber von Picasso als vom Schicksal gezeichnet.**

Wenn die Ausnahme die Regel bestätigt,
muss die Regel Ausnahmen haben.

Träume nicht vom Leben, sondern lebe deinen Traum.

**DAS SCHLIMMSTE IM LEBEN IST, ES ZU VERPASSEN.**

Erfahrung ist eine nützliche Sache.
Leider macht man sie erst kurz nachdem man sie brauchte.

PRAXIS IST, WENN ALLES FUNKTIONIERT,
UND KEINER WEISS, WARUM.
THEORIE IST, WENN NICHTS FUNKTIONIERT,
UND JEDER WEISS, WARUM.

**Nichts im Leben ist umsonst, nicht einmal der Tod – denn der kostet das Leben.**

*Neid ist die ehrlichste Form der Anerkennung.*

Wenn der Groschen nicht fällt, liegt es nicht immer am Geld.

Alles Gute im Leben ist entweder unmoralisch,
ungesetzlich oder macht dick.

**Denken stört beim Reden.**

**Ordnung ist die Lust der Vernunft,**
**Chaos ist die Wonne der Fantasie.**

**Ein gesundes Vorurteil erleichtert die Entscheidung ungemein.**

*In der Realität ist die Wirklichkeit ganz anders.*

Drei Viertel sind nichts Halbes und nichts Ganzes.

Wer zu spät kommt, den bestraft das Leben.

Auch in einer Träne
kann sich die Sonne spiegeln.

**Der Verstand und die Fähigkeit, ihn zu gebrauchen,
sind zwei verschiedene Gaben.**
*Franz Grillparzer*

Lieber eine Sechs
im Lotto als eine Acht
im Fahrrad.

Vorurteile sind wie Nägel.
Je mehr man draufhaut, desto tiefer sitzen sie.

**Wer nicht an Wunder glaubt, ist kein Realist.**
*Ben Gurion*

**Lieber meditieren
als rumsitzen.**

Die kürzesten Worte erfordern das längste Nachdenken,
nämlich Ja und Nein.
*Pythagoras*

Wenn alles gesagt und getan ist, ist mehr gesagt als getan.

**Sollen Dummheiten gelingen,
müssen sie klug ausgeführt werden.**

*Lieber jung und verfressen als alt und vergessen.*

**Lieber Blödeleien
als blöde Laien.**

Jeder sieht auf die Dauer so aus, wie er ist.

UMWEGE ERWEITERN DIE ORTSKENNTNIS.

Nichts zu tun ist besser,
als mit viel Mühe nichts zu schaffen.

**Wenn Dummheit rollen würde,
müsste man dich den Berg hoch bremsen.**

*Wer seinem Passbild ähnlich zu sehen anfängt,
sollte schleunigst Urlaub machen.*

**Auch Zwerge haben klein angefangen.**

Auch Glatzköpfe können eine Glückssträhne haben.

Kleine Bosheiten erhalten die Feindschaft.

**LERNE ZU KLAGEN, OHNE ZU LEIDEN.**

Wer nicht zum Zug kommt,
kann auch nicht in Fahrt kommen.

**Ratschläge sind auch Schläge.**

Es gibt viel zu tun – fangt schon mal an.

**Lieber ein offenes Hemd
als ein offenes Bein.**

Morgenstund' ist ungesund.

**Lieber Sonne im Herzen als Eis am Stiel.**

Unordnung – wo nichts am rechten Platz ist.
Ordnung – wo am rechten Platz nichts ist.

**LIEBER OSTERN ALS WESTERN.**

Traue keinem über dreißig – und keinem unter dreißig.

**Ein lächerlicher Typ
hat nicht viel zu lachen.**

***Lieber Glück im Unglück als Pech in der Strähne.***

Wer immer alles eng sieht, sollte das Weite suchen.

**Was passiert, nachdem man sich zwei Mal halb tot gelacht hat?**

**Der Zahn der Zeit hat Karies.**

Der Einzige, der heute noch geht, ist der Teig.

Lieber nichts tun und die Zeit für sich arbeiten lassen.

*Man sollte viel öfter nachdenken. Und zwar vorher.*

Wüstlinge in die Sahara!

Jeder Tag ist gleich lang, aber verschieden breit.

KEIN ANSCHLUSS WÄHREND DIESER NUMMER!

Lieber gut drauf als dauernd daneben.

**Ohne Fleiß kein Verschleiß.**

# 2. Dumme Sprüche über zwischenmenschliche Beziehungen

**Schlechte Nerven sind erblich, man erbt sie von seinen Kindern.**

# → Lustiges für die ganze Familie ←

Sei nett zu deinen Kindern,
denn sie suchen dir das Altersheim aus!

Meine Kinder können die schlechten Eigenschaften nicht von mir geerbt haben – ich habe meine alle noch.

DER KRIEG IST DER VATER ALLER DINGE,
ABER SEIT WANN VERSTEHEN VÄTER IHRE KINDER?

**Was mit Wein und Gesang anfängt, endet oft mit Milch und Gebrüll.**

Was Ungeduld ist, kann nur der ermessen,
der einen steinreichen Erbonkel hat.
*Mark Twain*

**KINDER ERHELLEN JEDES HAUS;
SIE LASSEN ÜBERALL DAS LICHT BRENNEN.**

*Gute Mädchen kommen in den Himmel, böse überallhin.*

**Wollen die Kinder erben, müssen die Eltern sterben.**

*Wenn zwei das Gleiche tun, sind sie bald zu dritt.*

**Ich habe meine Mutti verloren. Haben Sie nicht eine Frau gesehen, ohne einen Jungen wie mich?**

**DIE MUTTERSPRACHE HEISST „MUTTER“SPRACHE, WEIL DIE VÄTER NIE ZU WORT KOMMEN.**

**Uhren und Kinder sollte man nicht ständig aufziehen, man muss sie auch gehen lassen.**

Dass die Kinder erwachsen sind, merkt man daran, dass sie nicht mehr fragen, woher sie kommen – und nicht mehr sagen, wohin sie gehen.

**Wir sind die Leute, vor denen uns unsere Eltern immer gewarnt haben.**

Mit einer Geldsendung und einer Erbtante kann man erst dann etwas anfangen, wenn sie eingegangen sind.

Lieber 'ne heiße Adresse als 'ne kalte Wohnung.

**Das Kind hat den Verstand meistens vom Vater, weil die Mutter ihren noch besitzt.**

*Jean Cocteau*

Seit es Flugzeuge gibt, sind
die entfernten Verwandten auch nicht
mehr das, was sie mal waren!

Familie ist ein steuerlich begünstigter Kleinbetrieb
zur Herstellung von Steuerzahlern.
*Wolfram Weidner*

WAS VATIKAN, HAT MUTTI
SCHON LANGE DRAUF.

*Es kann vorkommen, dass die Nachkommen
mit ihrem Einkommen nicht auskommen und
dabei vollkommen umkommen.*

**ES HAT KEINEN SINN, DIE KINDER ZU ERZIEHEN.
SIE MACHEN UNS DOCH ALLES NACH.**

**Gut Kind will Keile haben.**

Erziehung ist organisierte Verteidigung
der Erwachsenen gegen die Jugend.
*Mark Twain*

**Natürlich zeugen Männer gern Kinder –
weil die das Einzige sind, was sie zu Stande kriegen,
das Hand und Fuß hat!**

**Pubertät ist**, wenn die Eltern
anfangen, schwierig zu werden.

# → Frauen und Männer im Visier ←

Jede Frau ist imstande, aus einem Mann einen Millionär zu machen.

**Falls er vorher Milliardär gewesen ist.**

Heirate oder heirate nicht –
du wirst es jedenfalls bereuen.

**Treue ist Mangel an Gelegenheit.**

Die Männer sind zweifellos dümmer als die Frauen.
Oder hat man jemals gehört, dass eine Frau einen Mann
nur wegen seiner hübschen Beine geheiratet hat?

**Als Gott die Männer schuf, war der Himmel blau.**
**Als Gott die Frauen schuf, war er himmelblau.**

*Warum können Menschen kein BSE kriegen? Ganz einfach:*
*Frauen haben eh kein Hirn und Männer sind Schweine!*

Lieber 'ne Biene im Bett
als 'ne Mücke im Schlafzimmer.

Männer können trinken, ohne Durst zu haben.
Frauen können reden, ohne ein Thema zu haben.

Jede Bindung, die man eingeht, kann mit einer Entbindung enden.

Warum gibt es mehr Frauen, als Männer auf der Welt?
Weil es mehr zu putzen als zu denken gibt.

Frauen, seid lieber schön als klug - Männer können besser gucken als denken.

*Je mehr eine Frau sich putzt, umso blanker wird ihr Mann.*

Frauen von heute sind ein Problem für die Männer von gestern.

FRAUEN VERBLÜHEN, MÄNNER VERDUFTEN.

Wusstet ihr, dass Gehirnkrankheiten reine Männerkrankheiten sind?
Was soll bei einer Frau denn auch krank werden?

Männer stehen im Mittelpunkt und somit allen Frauen im Weg.

**Frauen gehen mit der Mode. Männer mit Modellen.**

Wenn eine Frau sich einen Kerl geangelt hat, nennt der sich Eroberer.

Ein anständiger Mann stirbt mit 40,
damit seine Frau noch was vom Leben hat.

**Ist Not am Mann, lassen sie Frauen ran.**

*Lieber mit 'nem Kerl ausgehen als alleine ausgehen.*

**Wie wäre eine Welt ohne Männer?
Voll von glücklichen, fetten Frauen.**

Wann weiß eine Frau, dass aus einem Jungen
ein Mann geworden ist? Er kauft teureres Spielzeug.

**Hinter jedem großen Mann steckt eine Frau,
die ihn dressiert hat.**

Stellengesuch: Suche fünf fleißige Männer oder eine Frau.

**Wenn ein Mann glaubt,
eine Frau besiegt zu haben,
dann hat er meistens schon verloren.**

Männer beneiden andere Männer um ihre Frauen –
***bis sie sie haben.***

**Was dauert länger: Einen Schneemann oder eine
Schneefrau zu bauen? Schneemann: Das Aushöhlen
des Kopfes braucht einfach seine Zeit.**

**Ein erfolgreicher Mann ist ein Mann, der mehr Geld verdient, als seine Frau ausgeben kann. Eine erfolgreiche Frau ist eine, die einen solchen Mann findet.**

**Der ideale Mann ist der Mann,**
**von dem alle Frauen träumen und den keine kennt.**

*Warum sind verheiratete Frauen dicker als Singles?*
*Singles kommen nach Hause, schauen nach, was im Kühlschrank ist und gehen ins Bett.*
*Ehefrauen kommen nach Hause, schauen nach, was im Bett ist...*

**Schön, wenn man die Frau fürs Leben gefunden hat.**
**Schöner, wenn man ein paar mehr kennt.**

Eine Frau muss doppelt so gut sein wie ein Mann, um halb so schnell voranzukommen. Zum Glück ist das nicht allzu schwierig.

**Mit Männern ist es wie mit Computern: Hätte Frau noch etwas gewartet, dann hätte sie einen Besseren bekommen.**

**Das Weib ist Sonntag, der Mann Alltag.**

Die Ansichten der Männer sind so kleinkariert, dass Frau sie als Fliegengitter verwenden kann.

## Lieber Wein, Weib und Gesang als Bier, Mann und Gebrüll.

Es ist nicht ungefährlich, die Männer modebewusst zu machen, denn dann fehlt Geld für die Frauen.
*Catherine Deneuve*

***Männer sind für mich wie Luft, und ohne Luft kann ich nicht leben.***

Don Juan ist ein Mann, der Frauen beim Fallen behilflich ist.

Die selbstsichere Frau verwischt nicht den Unterschied zwischen Mann und Frau – sie betont ihn.
*Coco Chanel*

**Wie heißt das kürzeste Buch der Welt? „Was Männer über Frauen wissen."**

**DIE FRAU IST SCHLAU UND STELLT SICH DUMM. BEIM MANN, DA IST ES ANDERSRUM.**

Die Frauen wollen alle immer nur dasselbe von mir – dass ich sie in Ruhe lasse.

Eine Frau macht niemals einen Mann zum Narren.
**Sie sitzt nur dabei und sieht zu, wie er sich selbst dazu macht.**
*Frank Sinatra*

***Frauen sind ohne Humor auf die Welt gekommen. Sie lieben die Männer, statt über sie zu lachen.***

Warum wollen Männer nur Jungfrauen heiraten?
Sie können keine Kritik vertragen.

Alter ist bei Frauen etwas, wonach man nicht fragt,
bei Männern etwas, das nicht vor Torheit schützt.

**Bei Frauen zeigt sich das Alter vor dem Frühstück, bei Männern nach dem Abendessen.**

Falten machen einen Mann männlicher, eine Frau älter.
*Jeanne Moreau*

Auch die schwächste Frau ist noch stark genug,
mehrere Männer auf den Arm zu nehmen.

MÄNNER SIND MÄNNLICH,
FRAUEN SIND GÖTTLICH.

**Wie viele Männer braucht man,
um ein Bier zu öffnen?
Keinen. Es sollte schon offen sein,
wenn sie es zum Sofa bringt.**

Hinter jeder erfolgreichen Frau steht ein Mann,
der versucht hat, sie zu bremsen.

**Frauen, die genauso gut sein wollen wie Männer, haben keinerlei Ehrgeiz.**

Gute Frauen sind besser als gute Männer.
Böse Frauen sind böser als böse Männer.
*Marcel Achard*

**Im Bier müssen weibliche Hormone sein, denn immer, wenn ich Alkohol trinke, rede ich lauter Blödsinn und kann nicht Auto fahren.**

Die erfahrene Hausfrau lernt Skat.
So kann sie ihren Mann bis ins hohe Alter reizen.
*Robert Lembke*

**Was versteht ein Mann unter Hausarbeit?**
**Die Füße hoch legen, damit sie staubsaugen kann.**

**Der Mann weiß, die Frau weiß besser.**
*Emile Zola*

**DER MANN IST LEICHT ZU ERFORSCHEN, DIE FRAU VERRÄT IHR GEHEIMNIS NICHT.**
*Immanuel Kant*

Der tiefe Ausschnitt am Kleid einer Frau bedeutet oft auch einen tiefen Einschnitt im Leben des Mannes.
*Peter Frankenfeld*

**Hat die Frau die Hosen an,
ist der Mann ein Dummerjan.**
*Volksweisheit*

Whiskey ist gut gegen Schlangenbisse.
Deshalb sollte er in keinem Schlafzimmer fehlen.
*Brendan Behan*

**Bigamie heißt,
dass man eine Frau zu viel hat.
Monogamie auch.**
*Gabriele Wohmann*

**Jeder Mann braucht im Leben drei Frauen.
Eine Mutter, eine Ehegattin und wenigstens eine,
die ihn für einen Mann hält.**
*Gabriel Laub*

Flirten ist die Kunst, einer Frau in die Arme zu sinken,
ohne ihr in die Hände zu fallen.

Eine dicke Frau hat auch ihre gute Seiten:
Sie macht im Sommer viel Schatten,
im Winter hält sie warm!
*Manfred Müller*

**Lieber einer Frau als dem Alkohol verfallen.**

Dekolleté ist jener schmale Grat, auf dem der gute
Geschmack balanciert, ohne herunterzufallen.
*Coco Chanel*

# → Über Männer ←

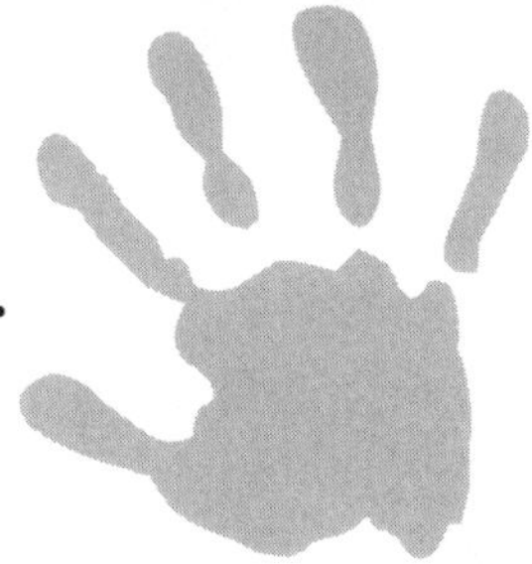

Männer kennen Probleme
für jede Lösung.

ALLE MÄNNER SIND GLEICH! MIR JEDENFALLS.

**Männer sind wie Autos.
Wenn man nicht aufpasst, liegt man drunter.**

*Warum haben Männer O-Beine?
Unwichtiges steht immer in der Klammer.*

**Männer sind wie Autoreifen.
Ziemlich aufgeblasen,
ohne Profil und stets bereit,
einen zu überfahren.**

Manche Männer haben nicht nur einen „inneren Schweinehund“, sondern sogar einen „inneren Schweinelöwen“.

*Was haben Wolken und Männer gemeinsam?
Wenn sie sich verziehen, kann es noch ein schöner Tag werden.*

Was war der erste Mann auf dem Mond?
**Ein guter Anfang.**

Als Gott den Mann erschuf, übte sie nur.

Den vollkommenen Mann gibt es – in Heiratsanzeigen.

**Warum haben Männer keinen Busen?
Sie können mit Doppelbelastung nicht umgehen.**

Warum fahren Männer so gerne BMW?
Weil es das einzige Auto ist, das sie buchstabieren können.

Männer sind wie Kaviar – nutzlos, aber wunderbar.

*Es ist bestimmt kein Zufall, dass man als Vogelscheuchen immer nur Männer aufstellt.*

In jedem Mann steckt etwas Gutes.
Und wenn es nur das Küchenmesser ist.

Männer sind wie Zwiebeln. Ist erst die Schale herunten, ist alles andere zum Heulen.

**EIN MANN IST STETS SO JUNG, WIE ER SICH FÜHLT, ABER KEINESWEGS SO BEDEUTEND.**

Männer sind bekanntlich Sammler, und Sammler sind Leute, die Seltenes zusammentragen in der Hoffnung, dass es noch seltener wird.

Eine Möglichkeit, das Wort zu halten,
hat der Ehemann immer. Er kann um Verzeihung bitten.

MÄNNER SIND MENSCHEN, BEI DENEN
PUBERTÄT UND MIDLIFE-CRISIS
FLIESSEND INEINANDER ÜBERGEHEN.

**Ein Vater ist ein Mann, der seinen Sohn zu einem so tüchtigen Menschen heranwachsen sehen möchte, wie er selbst gern einer geworden wäre.**

Die Männer von heute sind auch nicht mehr das,
was sie noch nie gewesen sind.

Verheiratete Männer leben länger als unverheiratete,
aber sie sind viel eher bereit, zu sterben.

**Männer muss man so nehmen, wie sie sind,
sie haben es nicht besser verdient.**

Wie nennt man einen gut aussehenden,
intelligenten und sensiblen Mann? Ein Gerücht.

Junge Männer möchten treu sein und sind es nicht.
Alte Männer möchten untreu sein und können es nicht.

***Irren ist männlich.***

Ein guter Anzug ersetzt nicht den schlechten Charakter.

Frauen aufgepasst: Nicht jeder Mann, der aus dem Rahmen fällt, ist deswegen gleich ein alter Meister!

Was stellt sich ein Mann unter Vorspiel vor? Eine halbe Stunde betteln.

**Es hat keinen Zweck, sich mit Männern zu streiten. Sie haben ja doch immer Unrecht.**

Worin liegt der Unterschied zwischen Joghurt und Männern? Joghurt hat Kultur.

Wenn man es recht bedenkt, ist ein Mann lediglich das Ergebnis eines verkrüppelten Chromosoms.

**Es gibt Männer, die sind wie der Mond! Mal nehmen sie ab, mal nehmen sie zu, und alle vier Wochen sind sie voll.**

*Männer, die nicht groß sind, machen sich gerne breit.*

MANCHE MÄNNER SIND WIE ZANGEN. WENN ES DARAUF ANKOMMT, KNEIFEN SIE.

Zwei Dinge sind unendlich:
Das Universum und die männliche Dummheit,
aber beim Universum bin ich mir noch nicht ganz sicher.

Der Mann: Zu allem fähig. Zu nichts zu gebrauchen.

Die meisten Männer werden kleiner, wenn man sie unter die Lupe nimmt.

***Traue nie den leuchtenden Augen eines Mannes, denn es könnte auch die Sonne sein, die durch seinen hohlen Kopf scheint.***

Das dümmste Tier auf Erden sollte einst der Affe werden, doch das ging voll daneben, und der Mann begann zu leben.

**Nenne mir den Mann, den du brauchst, und ich sage dir, wie du ohne ihn auskommen kannst.**

*Manche Männer nehmen deswegen kein Blatt vor den Mund, weil es so große Blätter gar nicht gibt.*

Männer sind wie Schnee – hat man sie mühsam aufgetaut, schmelzen sie dahin und sind nicht mehr zu gebrauchen.

Bei den Männern ist es wie bei einer Nuss: Nicht auf die Schale muss man achten, sondern auf den Kern.

Es gibt natürlich einige fähige Männer. Die meisten sind sogar zu allem fähig.

**Selbst isst der Mann.**

Wie sortieren Männer ihre Wäsche?
In „dreckig" und „dreckig, aber tragbar".

Artikel Null des Grundgesetzes lautet: Die Fernbedienung in der Hand eines Mannes ist unantastbar.

Männer haben auch ihr Gutes. Es ist nur schwer zu finden.

Forscherinnen haben herausgefunden, warum Moses mit dem Volk Israel 40 Jahre durch die Wüste zog: Männer konnten noch nie nach dem Weg fragen.

Männer sind unbestechlich.
Die meisten nehmen nicht einmal Vernunft an.

Der Unterschied zwischen einem Hund und einem Mann: Der Hund versaut einem den Teppich. Der Mann das ganze Leben.

MANCHE MÄNNER WÄREN GERNE VERHEIRATET, NUR NICHT 24 STUNDEN TÄGLICH.

Die Männer – zuerst stellen sie sich einem vor und dann stellen sie einem nach.

Was versteht ein Mann unter einem siebengängigen Menü?
Ein Hotdog und ein Sechserpack Bier.

Früher machte er mir den Hof, heute mache ich das Bett.

# → Über Frauen ←

***Frauen lieben die einfachen Dinge im Leben:*** *Männer*

Frauen sind sehr rationell, sie würden niemals
eine Lüge erfinden, wenn die alte noch etwas taugt.

**Frauen bemerken vor allem das,**
**was man nicht für sie tut.**

**Es ist doch immer dasselbe:**
Zuerst hat man eine Frau im Herzen, dann auf den Knien,
dann im Arm und dann am Hals.
*Mario Adorf*

**Auf die Dauer hilft nur Frauenpower.**

Küssen ist die schönste Art, einer Frau das Maul zu stopfen.

Schätze nie die Frauen gering,
außer wenn es um Alter oder Gewicht geht.

**Die Männer würden den Frauen gerne das letzte Wort lassen, wenn sie sicher sein könnten, dass es wirklich das letzte ist.**

Die Frau ist die Rätselecke in Gottes großer Weltzeitung.
*Marcel Achard*

Warum führen Frauen so häufig Selbstgespräche?
Weil sie nur so vernünftige Antworten bekommen.

**Ich hasse die Frauen, weil sie immer wissen, wo die Sachen sind, die man sucht.**
*James Grover Thurber*

Frauen sind überflüssig.
Es gibt schon genug Katastrophen.

Wenn Frauen Aufsehen erregen möchten, veranstalten sie am besten einen Schweigemarsch.

**Frauen sind wie Fluglotsen.**
**Wenn sie nicht wollen, kann keiner landen.**

Frauen hinter den Herd?
Blödsinn – wenn die Schalter doch vorne sind.

Wenn sich Männer mit ihrem Kopf beschäftigen,
**dann nennt man das Denken.**
Wenn sich Frauen mit ihrem Kopf beschäftigen,
**dann nennt man das Frisieren.**

Warum ist es so schwer für Frauen, aus der Küche herauszukommen? Das liegt an der Herdanziehungskraft.

Lieber 'ne süße Neue
als 'ne saure Alte.

**MÄDCHEN SIND WIE BERUFSBOXER. OHNE RING LÄUFT NICHTS.**

Es gibt keinen weiblichen Mozart,
weil es auch keinen weiblichen Jack the Ripper gibt.

***Die Scheidung hat viele soziale Vorteile. Denn mal ehrlich... , ohne Scheidung hätten doch viele Frauen gar kein Einkommen.***

Manche Frauen tun für ihr Äußeres Dinge,
für die ein Gebrauchtwagenhändler ins Gefängnis käme ...

EIN MANN, EIN WORT.
EINE FRAU, EIN WÖRTERBUCH.

Gott gab den Menschen Intelligenz ...
Ausnahmen haben die Regel.

Frauen sind wie Krawatten. Man wählt sie bei schlechter Beleuchtung und dann hat man sie am Hals.

**Hätte Gott gewollt, dass Frauen Piloten werden, wäre der Himmel rosa.**

**WAS IST DIE MEHRZAHL VON FRAU?**
**PUTZKOLONNE.**

Eine Frau ist ein Wesen, das aus ein und demselben Grund lachen und weinen kann. Und das sogar gleichzeitig.

**Was macht eine Frau morgens mit ihrem Arsch?**
**Sie macht ihm was zu essen und schickt ihn dann zur Arbeit.**

Frauentränen sind die stärkste Wasserkraft der Welt.
*Jaques Marchand*

**Was ist der Unterschied zwischen einer Frau und einem Frosch? Gar keiner! Quaken nur dumm rum, haben ständig kalte Flossen und Angst vor dem Klapperstorch.**

Wenn Gott weiblich wäre, wäre nach dem „Es werde Licht" erst einmal ein „Wie sieht es denn hier aus?" gekommen.

**Eine Frau lacht, wenn sie kann, und weint, wenn sie will.**
*Französisches Sprichwort*

**Versuche, eine weise Frau zu sein:** Versuche zu bekommen, was du liebst, sonst wirst du das lieben müssen, was du bekommst.

Warum kommen Frauen nicht in den Himmel?
Weil Drachen nicht über 2000 Meter Höhe steigen.

Mädchen sind wie Elektrizität – fasst man sie an,
kriegt man eine gewischt.

***Ein anständiges Mädchen geht um 8 Uhr ins Bett, damit es um 10 Uhr zu Hause ist.***

ich bin ein Geschenk
an die Männer der Welt.

Solange der Nagellack nicht trocken ist,
ist eine Frau praktisch wehrlos.
*Burt Reynolds*

Die Emanzipation ist das Bestreben
der Frauen, auf das Niveau
der Männer herabzusteigen.

*Alle Frauen wollen einen Mann festnageln und wundern sich dann, wenn er nachher bekloppt ist.*

**Die Frau herrscht durch Bitten, durch Befehle der Mann. Sie, wenn sie will – er, wenn er kann.**
*Emile Zola*

Liebe deine Nächste,
aber lass dich nicht
vom Verflossenen erwischen.

## Die Frauen von heute nehmen nicht den Ersten, sondern den Besten.

*Lieber Gott, mach mich blind, damit ich die Männer herrlich find'! Und mach mich obendrein noch dumm, damit ich um den Frust rumkomm'.*

Ich habe den Kampf gegen die Falten aufgegeben, weil nichts so viele Falten macht wie der Kampf gegen die Falten.
*Liv Ullmann*

**Das kleinste Mädchen ist groß genug, um den größten Jungen klein zu kriegen! Frauen sind besser schön als klug, denn Männer können besser sehen als denken.**

**AUCH MIT 60 KANN MAN AUSSEHEN WIE MIT 40, NUR DAUERT ES ETWAS LÄNGER.**
*Karin Dor*

Schöne Frauen sind eine Woche lang gut, gute Frauen ein Leben lang schön.
*Arabisches Sprichwort*

**Gegensätze ziehen sich an! Manchmal habe ich als Frau das Gefühl, dass ich ein Magnet für Idioten bin.**

Zwei Emanzen sitzen im Restaurant. Sagt die eine zur anderen: „Kannst du mir mal bitte die Salzstreuerin geben?"

Ich habe seit drei Monaten
nicht mehr mit meiner Frau
gesprochen. Sie hasst es,
wenn sie unterbrochen wird.

Nichtssagende Frauen reden am meisten.
*Deutsches Sprichwort*

FRAUEN SIND EIN PARADIES
FÜR DIE AUGEN, EIN FEGEFEUER
FÜR DEN GELDBEUTEL
UND EINE HÖLLE
FÜR DIE SEELE.

**Eine hässliche Frau ist der beste Zaun
um den Garten.**
*Deutsches Sprichwort*

Wenn eine Frau einem ihr Herz geschenkt hat,
wird man den Rest nie wieder los.
*Englisches Sprichwort*

Das Schweigen ist
der schönste Schmuck einer Frau,
doch trägt sie ihn nur selten.
*Englisches Sprichwort*

Die Zunge ist das Letzte,
das bei der Frau stirbt.
*Englisches Sprichwort*

Frauen und Geheimdienste haben immer gewusst, dass man vom Verhüllen sehr gut leben kann.

*Ralph Boller*

Wenn die Frau abends müde von der Arbeit kommt, sollte man sie wenigstens in Ruhe putzen lassen!

Es hat lange von guter Beobachtungsgabe gezeugt, dass man den Wirbelstürmen weibliche Namen gab.

*Frank Sinatra*

Eine Frau braucht sich nicht immer zu erinnern, wie alt sie ist, aber sie darf es niemals vergessen.

*Volksweisheit*

DEKOLLETÉ ist der einzige Ort, an dem ein Mann bei einer Frau Tiefe erwartet.

*Zsa Zsa Gabor*

Meine Frau stand schon in der Bibel:

Eine große Dürre wird kommen!

Frauen und Öfen soll man nicht ausgehen lassen.

*Deutsches Sprichwort*

# → Über die Ehe ←

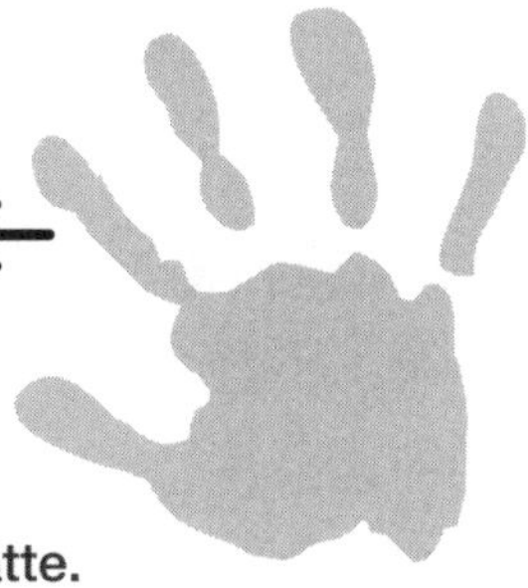

Die Ehe ist ein Versuch,
zu zweit Probleme zu lösen,
die man allein gar nicht gehabt hätte.

**Der teuerste Weg mit einer Frau zu schlafen ist die Ehe.**

Lebensgefährtin ist ein Wort,
das von Lebensgefahr abgeleitet wurde.

NENNE MIR DIE IDEALE PARTNERSCHAFT,
DIE NICHT DEN PARTNER SCHAFFT!

**Es ist nicht wahr, dass Frauen einen Mann suchen, der viel arbeitet. Es genügt ihnen einer, der viel verdient.**

*Die Ehe ist eine wunderbare Institution.*
*Aber wer möchte schon in einer Institution leben?*

**Ein chinesischer Weiser rät:**
Die Frau sollte den Mann weniger lieben und besser verstehen. Der Mann soll die Frau mehr lieben und gar nicht erst versuchen, sie zu verstehen.

**Drum prüfe, wer sich ewig bindet, ob sich nicht etwas Besseres findet.**

Der einzige Geschäftszweig, bei dem die Mehrzahl der leitenden Funktionen von Frauen besetzt ist, ist die Ehe.
*Robert Lembke*

**Die zweite Hochzeit ist der Sieg der Hoffnung über die Erfahrung.**

Zu einer glücklichen Ehe gehören meistens mehr als zwei Personen.
*Oscar Wilde*

Männer, die behaupten, sie seien die uneingeschränkten Herren im Haus, lügen auch bei anderen Gelegenheiten.
*Mark Twain*

Eine Heirat geht ja furchtbar schnell, aber die Scheidung ist immer so zeitraubend.
*Brigitte Bardot*

Heiraten ist die erste Dummheit, die man begeht, wenn man vernünftig geworden ist.
*Karl Friedrich Wilhelm Wanderer*

Heiraten ist eine Form der Selbstverteidigung.

**Die Ehe ist eine Lotterie, in der die Männer ihre Freiheit und die Frauen ihr Glück aufs Spiel setzen.**

*Französisches Sprichwort*

DRUM PRÜFE, WER SICH EWIG BINDET,
WO SICH DAS AMTSGERICHT BEFINDET.

Es ist nicht wahr, dass die Männer dumme Frauen bevorzugen. Sie wollen vielmehr Frauen, die sich bei Bedarf dumm stellen können, und dazu gehört Verstand.

Unverheiratete sind ledig.
Verheiratete erledigt.

Laut Statistik ist die Ehe die Hauptursache aller Scheidungen.

Lebensende mit drei Buchstaben? ... Ehe

„Was reizt Sie eigentlich noch an Ihrer Frau?“

**„JEDES WORT!“**

Eine Hochzeitsreise würde ich gerne machen, aber lieber allein.

*Sacha Guitry*

Richtig verheiratet ist ein Mann erst, wenn er jedes Wort versteht, das seine Frau nicht gesagt hat.

**Die Ehe ist das teuerste Verfahren, seine Wäsche umsonst gewaschen zu bekommen.**

*Franklin P. Jones*

Die Ehe ist eine gerechte Einrichtung:
Die Frau muss jeden Tag das Essen kochen und
der Mann muss es jeden Tag essen.

*Alberto Scordi*

**Was macht ein Ehemann, der ein leeres Blatt Papier studiert? Er liest seine Rechte.**

Man sollte nur schöne Männer heiraten,
sonst hat man keine Aussicht, sie wieder loszuwerden.

*Zsa Zsa Gabor*

**Wenn eine hübsche Frau davongeht, hat der Mann immerhin noch das Nachsehen.**

*Alfred Biolek*

*Ehemänner sind wie Sicherungen. Wenn die Spannung im Haus zu groß wird, brennen sie durch.*

WIE NENNT MAN EINEN MANN, DER 90 PROZENT SEINER INTELLIGENZ VERLOREN HAT? WITWER.

Man muss sehr viel verdienen,
um eine Frau zu bekommen,
die man nicht verdient.

*Georg Thomalla*

Ehen sind glücklich, wenn die Frau ein bisschen blind und der Mann ein bisschen taub ist.

**Ich entscheide die großen Dinge und meine Frau die kleinen. Welche Dinge groß oder klein sind, bestimmt meine Frau.**
*Uwe Seeler*

Jeder Mann braucht fünf Ehefrauen:
einen Filmstar,
ein Dienstmädchen,
eine Köchin,
eine Zuhörerin und
eine Krankenschwester.
*Mark Twain*

Hinter einer langen Ehe steht immer eine sehr kluge Frau.
*Ephraim Kishon*

**IN DER EHE IST DER MANN DIE VERBESSERTE HÄLFTE.**

Für die Frau ist die Ehe eine Ausfahrt,
für den Mann ein Parkplatz.
*Glenn Close*

Die Ehe ist eine Geschichte:
Sie beginnt mit einem Prinzen, der einen Engel küsst, und sie endet mit einem glatzköpfigen Mann, der über den Tisch hinweg auf eine dicke Frau blickt.

***Weil du nicht so bist,***
***wie ich dich gerne hätte,***
***weigere ich mich, dich so zu sehen,***
***wie du wirklich bist.***

Ein Junggeselle ist ein Mann,
der lieber Socken stopft als Mäuler.
*Mario Adorf*

**Frauen sind wie Angler. Sie prahlen mit denen, die ihnen entwischt sind, und lamentieren über den, der angebissen hat.**

Die Frau eines Rentners hat plötzlich doppelt so viel Ehemann und halb so viel Haushaltsgeld.
*Robert Lembke*

Die Frau ist das Kamel, das uns hilft,
die Wüste des Lebens zu durchqueren.
*Ben Gurion*

Der Trauschein ist eine wertlose Aktie.

Es ist leichter, sich mit mehreren Männern herumzuschlagen, als mit einer einzigen Frau Krieg zu führen.
*Honoré de Balzac*

Flitterwochen sind eine Probezeit,
in der keine Reklamationen mehr angenommen werden.
*Peter Sellers*

In der Ehe pflegt gewöhnlich einer der Dumme zu sein.
Heiraten zwei Dumme, so kann es glücken.
*Kurt Tucholsky*

**Der kluge Ehemann kauft seiner Frau nur das teuerste Porzellan. Weil er sich dann sicher sein kann, dass sie es nicht nach ihm wirft.**
*Gino Locatelli*

In der Ehe stammen Drehbuch und Regie vom Mann.
Dialoge und Ton von der Frau.
*Federico Fellini*

Lieber 'nen stürmischen Ehemann
als 'nen windigen Liebhaber.

Ehe beginnt, weil ein Mann der einzigen Frau begegnet,
die ihn versteht – und endet aus demselben Grund.
Ehemänner sind Gewächse, die eingehen,
wenn sie nicht ausgehen.
*Ursula Herking*

Sei so schlau, werde niemals Ehefrau!
Vor der Hochzeit pflückst du Rosen,
nach der Hochzeit stopfst du Hosen!

**Der Sarg ist zu – die Witwe kichert:
Der Tote war recht gut versichert.**

In der Ehe kämpft der Mann zuerst
um seine Vorherrschaft, dann um
seine Gleichberechtigung und schließlich
um seine Duldung.

*Volksweisheit*

Nach den Flitterwochen kommen die Zitterwochen.

*Volksweisheit*

Ehe ist eine Abkürzung:

**ERARE HUMANUM EST!**

**Und führe mich nicht in Versuchung,
denn die finde ich von ganz alleine.**

*Das sicherste Zeichen für beginnendes Alter bei Männern ist,
dass sie schnell noch ein paar Jugendsünden begehen.*

Die Ehe ist die langsame Entwicklung vom
Händchenhalten zum Mündchenhalten.

Alle Männer sind gleich. Bis auf den,
den man gerade kennen gelernt hat.

*Mae West*

Die Ehe ist jene geschützte Einrichtung,
die Liebesglut allmählich in Sodbrennen verwandelt.

*Jean Genet*

# → Witziges über Liebe und Freundschaft ←

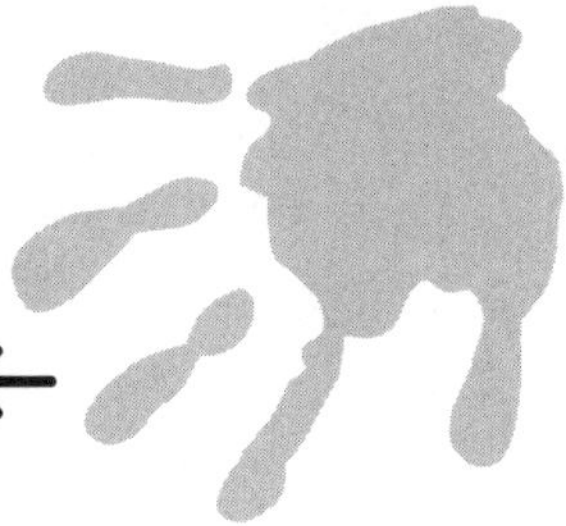

Freunde kommen und gehen,
Feinde sammeln sich an.

Es gibt zwei Arten von Freunden.
Die einen sind käuflich, die anderen unbezahlbar.

Für die Welt bist du irgendjemand.
Für irgendjemand bist du die Welt.

**Ein gewesener Freund**
**ist schlimmer als ein Feind.**

*Einander kennen lernen heißt lernen,*
*wie fremd man einander ist.*

Ich gab dir alles.
Und du mir? Nur dich!

**Lieber ein erregter Bekannter,**
**als ein unbekannter Erreger.**

LOVE ME, KISS ME, FRISS ME.

***Es wird immer zwei Arten von Menschen geben. Solche, die sagen, was sie denken, und solche, die ihre Freunde behalten.***

Wenn alle Menschen wüssten, was die einen über die anderen reden, gäbe es keine vier Freunde auf Erden.
*Blaise Pascal*

Es ist leicht, jemanden zu lieben, den man hasst. Doch es ist schwer, jemanden zu hassen, den man liebt.

**Lieber einen zweiten Frühling als dritte Zähne.**

Die Liebe ist wie eine Kuh, sie läuft dem größten Ochsen zu.

Charme ist die Fähigkeit, den anderen vergessen zu lassen, dass man so aussieht, wie man aussieht.
*Jean-Paul Belmondo*

Ich hab dich geliebt und im Herzen getragen. Nun bist du verrutscht und liegst mir im Magen.

**Verliebt: Er spricht, sie lauscht. Verlobt: Sie spricht, er lauscht. Verheiratet: Beide sprechen, die Nachbarn lauschen.**

**Vertraulich ist nicht vertrauenswürdig.**

Wo die Liebe hinfällt, wächst kein Gras mehr, nur noch Blümchen.

Ehe man anfängt, seine Feinde zu lieben, sollte man seine Freunde besser behandeln.
*Mark Twain*

ICH HOL' DIR KEINE STERNE MEHR VOM HIMMEL, DIE LIEGEN SPÄTER DOCH NUR ZU HAUSE RUM.

**Liebe ist das schönste Geschenk, aber wer macht heute noch schöne Geschenke?**

Es gibt nur ein Problem, das schwieriger ist, als Freunde zu gewinnen. Sie wieder loszuwerden.
*Mark Twain*

**Ein Flirt ist der vergebliche Versuch, einem Mann beizubringen, dass er ernste Absichten hat.**

Ein kluger Feind ist mir lieber als ein dummer Freund.
*Chinesisches Sprichwort*

*Ich bekomme ja schon einen Schrecken, wenn ich morgens mein eigenes Spiegelbild sehe. Eine weitere Person könnte ich absolut nicht ertragen.*

Es ist vergebliche Liebesmüh,
beim Küssen die Augen zu schließen.
Früher oder später gehen sie einem doch auf.

***Wollen wir Mathe üben? Wir könnten dich und mich addieren, unsere Kleider abziehen, unsere Gefühle teilen und unser Glück multiplizieren.***

In der Wahl seiner Feinde kann man gar nicht vorsichtig genug sein.
*Oscar Wilde*

ZWISCHEN GUTER FREUNDSCHAFT UND
SCHLECHTER LIEBE LIEGT OFT NUR EINE NACHT.

**Wegen dir habe ich Flugzeuge im Bauch! Lass uns doch gemeinsam abheben.**

**Ich bin eigentlich sehr gutmütig.
Wenn ich Freunde hätte, würden die das bestätigen.**

Für ein gutes Tischgespräch kommt es nicht so sehr darauf an, was sich auf dem Tisch, sondern was sich auf den Stühlen befindet.
*Walter Matthau*

Ich möchte mich, was Himmel und Hölle betrifft, nicht festlegen. Habe ich doch da wie dort gute Freunde.
*Mark Twain*

# → Die besten Anmachsprüche ←

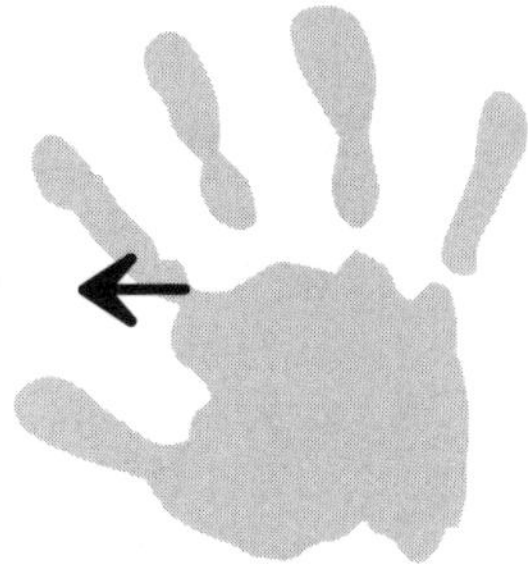

Es gibt genug Wunder,
aber du übertriffst sie alle!

**Du hast wunderschöne Lippen!
Kann man die küssen?**

***Lächle mich jetzt bloß nicht an,
sonst küss' ich dich auf der Stelle!***

Ich hab' in der Zeitung gelesen, dass Küsse
glücklich machen. Darf ich dich glücklich machen?

**Ich spreche jetzt mit dir so lange,
bis du mit dir reden lässt!**

*Ich bin so schlecht im Bett, das musst du erlebt haben!*

Hat das eigentlich weh getan, als du aus dem Himmel
gefallen bist? Ich dachte, Engel haben Flügel!

Glaubst du an Liebe auf den ersten Blick oder muss ich
noch einmal an dir vorbeigehen?

ALL DIESE KURVEN, UND ICH OHNE BREMSEN.

*Wenn ich dir jetzt sagen würde, dass du ein wundervolles Lächeln hast, würdest du denken, dass ich dich anmachen will. Und damit hättest du Recht.*

So langsam kriege ich Kopfschmerzen. Darf ich dich mehr aus der Nähe anstarren.

Hast du eigentlich schon gewusst, dass Polen und Indianer die besten Liebhaber sind? Ach übrigens, mein Name ist **Winnetou Koslowski**.

Hey, du! Eigentlich bin ich ja kein Junge für eine Nacht, aber für dich würde ich eine Ausnahme machen.

DARF ICH AUF EINE OHRFEIGE MIT RAUF KOMMEN?

KANNST DU ESSEN?
KANNST DU GEHEN?
LASS UNS ESSEN GEHEN!

Sag' mal, waren wir als Kinder nicht auf verschiedenen Schulen?

**Endlich! Der passende Mann zu meiner Bettwäsche.**

*Der Barkeeper hat gesagt, dass dieser Drink unwiderstehlich macht, und jetzt wollte ich dich fragen, ob er schon wirkt.*

Du musst der wahre Grund
für die globale Erderwärmung sein.

Ich habe mir heute einen neuen Wecker gekauft.
Willst du ihn morgen früh mal klingeln hören?

Brauchst du jemanden,
der dir den Kaffee umrührt?

Man sagt: Die größten Schätze liegen unter der Erde;
aber ich kann dich doch nicht einfach einbuddeln.

Entschuldigung, aber auf welchen Anmachspruch
würdest du denn am positivsten reagieren?

Sorry, ich möchte dich nicht dumm anmachen,
aber ich hätte nichts dagegen, wenn du es tust.

Weißt du, dass es viele Männer gibt, die mit irgendeinem
Spruch versuchen, ein Mädel anzumachen?
Ich bin da ganz anders!

Wenn du nicht weißt, wo du mit deinen Händen
hinsollst, gib sie mir, ich halt sie für dich fest!

Hast du mal einen Stift?
Ich möchte mir deine Nummer aufschreiben.

Entschuldigung, macht es dir was aus,
wenn ich dich 'ne Minute anstarre?
Ich möchte mich an dich in meinen Träumen erinnern.

Ich muss ein Lichtschalter sein.
Jedes Mal, wenn ich dich sehe, machst du mich an!

*Ich bin Single! Du auch? Dann lass uns 'ne LP machen.*

**Ich weiß ja, dass Milch schön macht,
aber wie viel hast du denn davon getrunken?**

**Mein Drink fühlt sich einsam.
Würdest du ihm etwas Gesellschaft leisten?**

Möchtest du dich mit mir unterhalten – oder sollen wir
weiter aus der Entfernung miteinander flirten?

**So gut auszusehen wie du,
muss einfach eine Sünde sein.**

**Was gibt es sonst noch für Sehenswürdigkeiten
in deiner Stadt, außer dir?**

**Nenn' mir deinen Namen und ich sage dir,
wie du heißt.**

**Du passt zu mir wie der Faust aufs Gretchen.**

# → Oh Macho, Macho ←

***Du bist meine Sternschnuppe –***
***erst bist du mein Stern,***
***dann bist du mir schnuppe.***

**Zieh' dich aus, leg' dich hin,**
**ich muss mit dir reden!**

Frauen denken immer nur an das Eine ... abnehmen.

DAS INTELLIGENTESTE AN EINER FRAU
IST IHR WEISHEITSZAHN.

Frauen fahren besser ... mit Bussen und Bahnen.

Es gibt nur zwei Arten von Frauen:
Göttinnen und Fußmatten.

***Eine Frau ist etwas für eine Nacht.***
***Und wenn es schön war, noch für die zweite.***

Warum haben Frauen mehr Knochen als Männer?
Das weibliche Gehirn arbeitet noch mechanisch.

**ICH SEH' AUF EINER FRAU VIEL BESSER AUS.**

Es gibt nichts Schöneres als eine Frau.
Ausgenommen zwei Frauen.

**Liebling, mach mit deinem Typen Schluss, oder ich betrüge dich mit meiner Frau.**

**Man muss die Frauen feiern, wie sie fallen.**

ICH LIEBE FRAUENBEWEGUNGEN, NUR RHYTHMISCH MÜSSEN SIE SEIN.

*Selbstverständlich gehört es sich nicht, so über Frauen zu sprechen ... aber was soll's!*

Dein Wille soll deinem Mann unterworfen sein, und er soll dein Herr sein.

**Im Leben wählt ein Mann zwischen zwei Übeln meist das hübschere und das jüngere.**

Der einzige Mann, der wirklich nicht ohne Frauen leben kann, ist der Frauenarzt.
*Arthur Schopenhauer*

Je mehr Frauen ich kennen lerne, desto mehr liebe ich die Tiere.

Liebe ist nur ein Trick der Natur,
um die Art zu erhalten.

Frauen sind wie Kinder von etwas größerem Wuchs.

Lieber öfter glücklich
als einmal verheiratet.

Es ist nicht nötig, den Frauen zu widersprechen.
**Das erledigen sie selbst.**

**Wenn die Frauen verblühen, heißt es verduften.**

***Eine Frau ist wie ein Schweizer Taschenmesser:***
***präzise und allzeit ersetzbar.***

Man sollte mit einer Frau so lange sprechen,
bis sie mit sich reden lässt.

**Lass das Mädchen sitzen, das dir nicht liegt.**

**Frauen sind wie Obst:**
**Kaum sind sie reif, ist schon der Wurm drin.**

**Es gibt drei Arten von Frauen:**
die schönen, die intelligenten und die Mehrheit.
*Rainer Werner Fassbinder*

Zuerst schuf der liebe Gott den Mann,
dann schuf er die Frau. Danach tat ihm der Mann Leid ...

Frauen an den Herd, Emanzen in den Herd.

*Der Chauvi ist ein Weiberknecht, aber leider hat er Recht.*

Tu was für dein Image, lass dich mit mir sehen.

**Eine Frau muss aussehen wie ein Filmstar,
sich benehmen wie eine Dame,
willig sein wie eine Hure,
denken wie ein Mann
und arbeiten wie ein Pferd.**

**So viele Frauen, so wenig Zeit!**

Lass **die Frauen** links liegen,
und dann leg dich drauf.

Ich weiß zwar nicht, wer du bist,
aber ich würde es gerne wissen.

Die Frau ist das einzige Geschenk,
das sich selbst verpackt.
*Jean-Paul Belmondo*

**Früher war ich Jungfrau, heute bin ich Schütze.**

# → Für Angeber ←

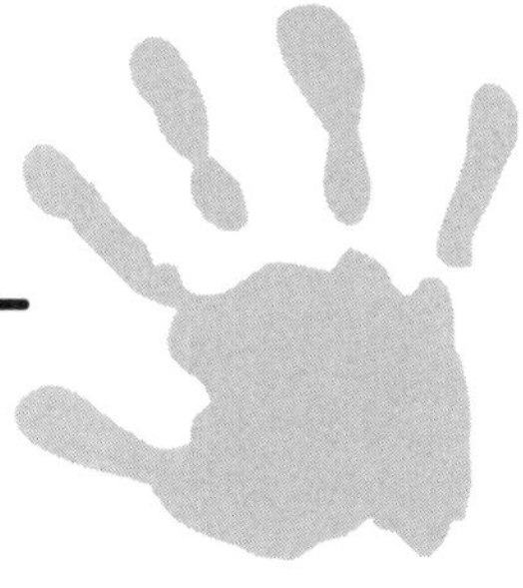

**Erfolg ist nur halb so schön,
wenn es niemanden gibt,
der einen beneidet.**

FRÜHER WAR ICH EINGEBILDET.
HEUTE WEISS ICH, DASS ICH SCHÖN BIN.

**Nie war ich so wertvoll
wie heute.**

Für mich gibt's keine Ergänzung,
weil ich vollkommen bin.

**Wo ich bin,
herrscht Chaos,
aber ich kann ja nicht überall sein!**

**Jedem das Seine,
mir das meiste!**

Ich bin wirklich kein Zyniker, ich habe nur Erfahrung.

## Irren ist menschlich,
aber ist Rechthaben deshalb unmenschlich?

Bei jeder Streitfrage gibt es zwei Standpunkte –
***meinen und den falschen.***

**WENN ICH DU WÄRE,
WÄRE ICH LIEBER ICH.**

Du hast keinen Minderwertigkeitskomplex.
Du bist minderwertig.

Ich denke, also bin ich, denke ich.

Wer schöner ist als ich,
ist geschminkt.

Auch wenn Sie keine Probleme haben,
ich habe die Lösung.

An der Spitze stehen, ist immer noch zu weit hinten.

Gott schuf mich, um sich an meiner Schönheit
zu erfreuen. Dich schuf er,
naja ... er wollte ab und zu auch mal lachen.

# → Beleidigungen für jedermann ←

Was hältst du als Außenstehender
von Intelligenz?

***So alt, wie du aussiehst, will ich gar nicht werden.***

**Haben deine Eltern dich nie gebeten,
von zu Hause wegzulaufen?**

Es gibt keine Maschine, die messen könnte,
wie egal du mir bist.

**ICH HABE GERADE ZWEI MINUTEN ZEIT.
SAG MIR EINFACH ALLES, WAS DU WEISST!**

Ich bin nicht schwerhörig, ich ignoriere dich einfach.

Ich hatte schon interessantere Gespräche
mit Wollpullis.

Du schaffst es, dass man die Stille zu schätzen weiß.

**Setz' dich auf den Boden, der ist Schmutz gewohnt!**

*Dein Kopf ist immer voll. Vorne mit Heu und hinten mit Wasser; und wenn es brennt, brauchst du nur zu nicken.*

Hast du einen guten Friseur? Ja?
Na, dann erzähl' doch dem deine Story.

Rede einfach weiter,
irgendwann wird schon etwas Sinnvolles dabei sein.

Du gehörst auch zu den Menschen, die sich von keinem Kleidungsstück trennen können, nicht wahr?

Jedes Mal, wenn ich dich so anschaue, frage ich mich:
**Was wollte die Natur?**

**Du verschönerst jeden Raum beim Verlassen.**

Ich weiß, du bist nicht so blöd,
wie du aussiehst, das könnte niemand.

Wenn du eine Mücke verschluckst,
dann hast du mehr Hirn im Bauch als im Kopf!

Ich vergesse nie ein Gesicht, aber in deinem Fall will ich mal eine Ausnahme machen.

**Mit deiner Krawatte würde ich mir nach einem Unfall nicht mal das Bein abbinden.**

**Bei dir bräuchte man ein Hörgerät.
Das könnte man abschalten.**

Was ist flüssiger als Wasser? Du! Denn du bist überflüssig!

Ist heute ein besonderer Tag,
oder bist du immer so blöd?

*Darf ich mein erstes Magengeschwür nach dir benennen?*

DEINE KLAMOTTEN SEHEN ECHT TOLL AUS!
HAST DU SONST NOCH WAS
AUF DEM SPERRMÜLL GEFUNDEN?

**Es gibt so viele Möglichkeiten, einen guten Eindruck
zu machen. Warum lässt du sie alle ungenutzt?**

**DU HAST SICHER EINEN ZWILLINGSBRUDER. DENN
EINER ALLEIN KANN DOCH GAR NICHT SO DOOF SEIN.**

**Ein Tag ohne dich ist wie ein Monat Urlaub.**

Hast du Kleingeld? Prima! Dann ruf jemanden an,
den dein Geschwafel interessiert!

*Zähl' mal bis zehn, ich brauche eine halbe Stunde Ruhe!*

**Du hast alles, was eine schöne Frau nicht hat!**

***Wo ich dich so sehe, fällt mir ein, dass ich den Müll ja noch runter tragen muss.***

Wissen ist Macht! Nichts wissen macht nichts, aber das weißt du ja am besten.

Man muss schon ganz schön tief graben, um jemanden zu finden, der langsamer ist als du!

**Deine Zähne sind wie Sterne! Schön gelb und weit auseinander!**

*Willst du drei Kilo abnehmen? Dann putz' dir mal die Zähne.*

**Jeder Mensch hat einen Vogel, nur die Größe ist verschieden!**

Du bist dumm geboren, hast nichts dazugelernt und hast die Hälfte schon wieder vergessen.

Denken ist zwar allen Menschen erlaubt, aber vielen bleibt es erspart.

Dem soll ich Vernunft beibringen? Ebenso gut könnte ich versuchen, 'ne Glühbirne auszupusten.

**Klauen deine Eltern? Du siehst so mitgenommen aus!**

*Du bist so überflüssig wie ein Sandkasten in der Sahara!*

# 3. Dumme Sprüche rund um Schule und Beruf

**Nichts gegen die Schule, aber man vergeudet ´ne Menge Zeit damit.**

# → Witziges für Schüler und Studenten ←

Nicht nur für die Schule,
auch gegen das Leben lernen wir.

DER KLÜGERE GIBT NACHHILFE.

Der Mensch wird frei geboren
und dann eingeschult.

Schule macht Spaß, Spaß beiseite.

Schule ist Zeit, Zeit ist Geld,
Geld ist Luxus und Luxus können wir uns nicht leisten.

Lieber eine Fünf in Deutsch
als überhaupt keine persönliche Note.

**Hausaufgaben sind ein klassischer Fall von schwerem Hausfriedensbruch.**

*Latein – die späte Rache der Römer an uns Germanen.*

SCHÜLER SIND DIE KUNDEN VON MORGEN.

**Lieber Sport am Sonntag als Mathe am Montag.**

Es nützt nichts, zu fliehen, Schule gibt es überall.

**Vier von drei Schülern können nicht rechnen.**

*Im Falle eines Falles ist Schummeln wirklich alles.*

Die Schule ist auch nicht mehr das,
was sie nie gewesen ist.

**Wir haben schwach angefangen,
aber dafür lassen wir stark nach!**

Die Schüler können denken, was sie wollen.
Sie dürfen nur nicht wollen, was sie denken.

**WEG MIT DEM PONY –
FREIE SICHT AUF DIE PICKEL.**

Die Hauptursache der ganzen schlechten Noten
**ist und bleibt die Schule.**

**Sage mir, was du für Noten hast, und
ich sage dir, wer neben dir sitzt.**

**Man soll den Tag nicht vor dem Elternabend loben.**

**Ich wollte die Einschulung aus Gewissensgründen verweigern.**

*Der erste Schultag müsste immer der letzte sein.*

**LIEBER 'NE MIEZE AM HALS, ALS DAS ABI IM NACKEN.**

**Der Schüler vor der Pause schwitzt, weil er wie auf Kohlen sitzt.**

In disem Saz sind drei Fehler!

Manchmal sind es die Eltern, die zum Schuljahresende versetzt werden – und zwar in Angst und Schrecken.

*Was ist der Unterschied zwischen kostenlos und umsonst? Meine Schulbildung war kostenlos, deine umsonst.*

**Jede Schulminute hat 60 Schrecksekunden.**

Das Gedächtnis ist eine Schublade, die andauernd klemmt.

Ich lerne fürs Leben. Wer lernt für mich?

**Für die einen ist es Schule,**
für die anderen
der verrückteste Spielplatz der Welt.

# → Das Beste über Lehrer ←

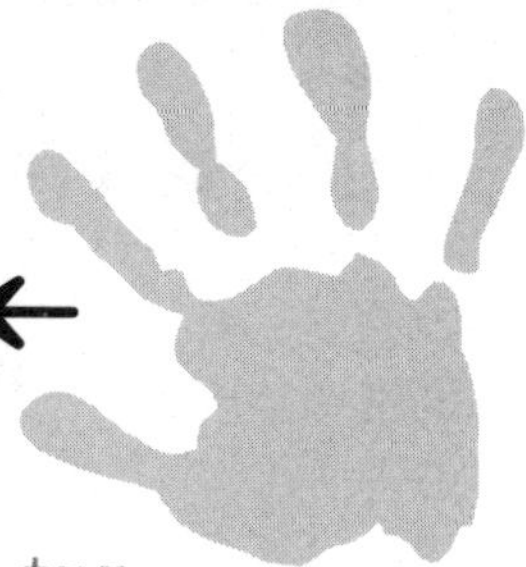

Verzeiht den Lehrern – sie wissen nicht, was sie tun.

Reize nie das Paukerlein, denn es könnt' geladen sein.

**Hört endlich auf, Lehrer mit zwei „e" zu schreiben.**

*So ungerecht ist die Welt: Lehrer bekommen Gehalt – und die meiste Arbeit müssen die Schüler machen.*

**LEHRER AM MORGEN BRINGT UNGLÜCK UND SORGEN.**

**Der Pauker durch die Klasse rennt, weil in Reli alles pennt.**

Lehrer sind wie Fixer. Dauernd denken sie an ihren Stoff.

GUTE LEHRER LASSEN UNS RUHIG SCHLAFEN.

**Ich bin der Meinung, dass es für schlechte Zeugnisse Prügel geben sollte. Aber leider steht ja nie die Adresse des verantwortlichen Lehrers drauf.**

**LIEBER VOLLE LEHRER ALS LEERE SCHULEN.**

***Was die Lehrer verdauen, das essen die Schüler.***

Der dümmste Lehrer kennt mehr Fragen als der klügste Schüler Antworten.

*Lehrer sind wie Babys.*
*Sie meinen, sie könnten durch Schreien alles erreichen!*

FÜR WAS GIBT ES LEHRER?
Um die Probleme zu lösen, die sie anrichten.

**Wir Schüler von heute werden in Schulen von gestern durch Lehrer von vorgestern mit Methoden aus dem Mittelalter auf die Zukunft vorbereitet.**

**Unser Lehrer hat von nix 'ne Ahnung. Dauernd fragt er uns!**

Wer etwas kann, tut es. Wer nichts kann, unterrichtet!

**Lehrer seid nett zu uns – wir sollen mal eure Rente bezahlen.**

**Ein Schüler macht Fehler, der Lehrer ist ein Fehler.**

# → Rund um das Berufsleben ←

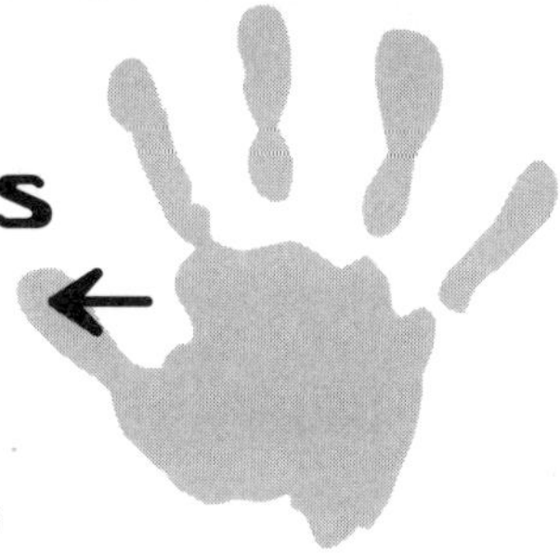

Hauptsache man ist gesund,
und die Frau hat Arbeit.

Solange mein Chef so tut, als würde er mich richtig bezahlen, solange tue ich so, als würde ich richtig arbeiten.

Manche Firma ist wie eine Oase, nur Kamele finden hin.

***Die meisten hören auf zu rudern,
wenn sie ans Ruder gekommen sind.***

Schiebung macht den Meister.

**Alle Menschen sind gleich,
nur die Gehälter sind verschieden.**

Was heute nicht richtig ist, kann morgen schon falsch sein.

Wer anderen eine Grube gräbt,
ist Bauarbeiter.

**Von meinem Einkommen hängt ab,
wie viel ich verdiene.**

**Auch andere machen Fehler,
aber wir haben darin die meiste Erfahrung.**

*Vor lauter Kaffeepausen kann ich nachts nicht mehr schlafen.*

Ein Akademiker ist einer,
der seinen Titel für sich arbeiten lässt.

**Es muss für einen Architekten schon blöd sein,
wenn ihm dauernd was einfällt.**

Von unfähigen Untergebenen soll man sich nicht trennen.
Man braucht sie als Sündenböcke.

Es ist noch kein Meister vom Himmel gefallen,
ohne sich weh zu tun.

Je genauer du planst, desto härter trifft dich der Zufall.
*Peter Rühmkopf*

**Die Pflicht ruft. Lass sie schreien.**

Man muss zwar nicht ausgesprochen blöd sein, um hier
zu arbeiten. Aber es erleichtert die Sache ungemein.

**Unwissenheit schützt nicht vor Karriere.**

Der Stress von heute ist die gute alte Zeit von übermorgen.

# → Über Vorgesetzte ←

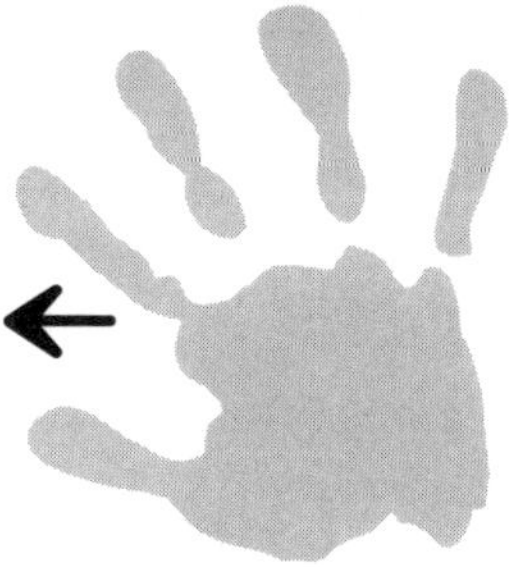

**Der Student studiert,
der Arbeiter arbeitet,
der Chef scheffelt.**

Je höher die Qualifikation, desto hochkarätiger die Fehler.

**Chefs sind Vorbilder und Bilder hängt man auf.**

*Chefs sind absolut unbestechlich.
Die meisten nehmen nicht einmal Vernunft an.*

Chefs kann man am besten irritieren, indem man ihre Anweisungen ausführt.

Es ist schwierig, sich wie ein Adler in die Lüfte zu erheben, wenn man von lauter Mastgänsen umgeben ist.

Wieso denn über unseren Chef schimpfen. Der hat doch gar nichts gemacht.

Einerseits wäre es auch mein Traum, Chef zu sein – andererseits kann ich es aber einfach nicht mit meinem Gewissen vereinbaren, ohne Arbeit so viel Geld zu kassieren.

**Ist der Chef nicht da, entscheidet der Stellvertreter. Ist der auch nicht da, entscheidet endlich der gesunde Menschenverstand.**

**Lieber mit einer Kollegin**
*Brust an Brust*
**als mit dem Chef**
*Schulter an Schulter.*

**Lieber ein Schlagzeug nach Feierabend als eine Standpauke vom Chef!**

Es ist nicht nötig, den Chef zu verstehen. Vertragen muss man sich mit ihm.

WENN DU EINEN CHEF TRIFFST, TRIFF IHN RICHTIG.

**Das Gefährlichste an einem Betrieb ist ein Schwachkopf in einer leitenden Position, der auch noch fleißig ist.**

*Meinungsaustausch ist, wenn man mit seiner Meinung zum Chef geht und mit dessen Meinung zurückkommt.*

Wir haben einen Chef, der ist so engstirnig, dass er mit beiden Augen zugleich durch ein Schlüsselloch schauen kann.

Chefs sind auch nur Menschen
wie du und ich,
nur leider wissen sie es nicht.

**Manche Chefs muss man einfach gerne haben,
sonst fliegt man.**

Die Rache des Chefs nennt man Gehaltsabrechnung.

**Grüße jeden Dummen,
denn er könnte morgen dein Chef sein.**

*Der Chef ist jemand, der drei Stunden Mittag machen
kann, ohne von jemandem vermisst zu werden.*

**Immer wenn mein Chef rot sieht,
ärgere ich mich schwarz und mache blau.**

Ein guter Chef gibt auch seinen Mitarbeitern
eine Chance – und macht nicht alle Fehler selbst.

**Im Irrenhaus ist wenigstens
der Chef normal.**

Wer glaubt,
**dass ein Projektleiter Projekte leitet,**
der glaubt auch,
**dass ein Zitronenfalter Zitronen faltet.**

**WER DIE LEUTE ZUR SCHNECKE MACHT, SOLLTE SICH NICHT ÜBER DIE LANGSAME ARBEITSGESCHWINDIGKEIT WUNDERN.**

Wollen Sie den Chef sprechen oder lieber jemanden, der sich auskennt.

**Haut den Bossen auf die Flossen.**

*Wer dem Chef in den Hintern kriecht,
muss damit rechnen,
dass er ihm eines Tages zum Hals heraushängt.*

Der Chef ist ein Mann, der früh kommt, wenn man zu spät ist, und spät kommt, wenn man zu früh ist.

LIEBER EINEN DICKEN CHEF ALS EIN MAGERES GEHALT.

Je weniger Ahnung jemand hat, desto mehr Spektakel macht er und ein desto höheres Gehalt verlangt er.
*Mark Twain*

# → Die liebe Arbeit und die lieben Kollegen ←

**FÜR GELD BIN ICH ZU ALLEM FÄHIG, SOGAR ZUR ARBEIT.**

ARBEITEN MACHT SPASS. LÜGEN AUCH!

Harte Arbeit hat noch niemandem geschadet,
aber warum soll ich ein Risiko eingehen?

***Wir arbeiten Hand in Hand.
Was die eine nicht schafft, lässt die andere liegen.***

Arbeit ist für mich alles,
aber um alles kann ich mich nicht kümmern.

Die Arbeit steht im Mittelpunkt und somit allen im Wege.

**Arbeit ist süß, aber sauer macht lustig.**

Lieber Gott, mach' mich nicht groß,
ich werd' ja doch bloß arbeitslos.

Früh arbeiten macht nur früh müde.

Manche Arbeit muss man oft verschieben,
bis man sie vergisst.

Ich lasse mich nicht hetzen, schließlich bin ich
auf der Arbeit und nicht auf der Flucht.

Arbeit adelt,
**ich bleibe lieber bürgerlich.**

*Arbeit kommt vor Erfolg, zumindest im Wörterbuch.*

Arbeit macht Spaß, ich könnte stundenlang zusehen.

Wir haben zwei Hände für die Arbeit,
aber auch zwei Beine, um ihr aus dem Weg zu gehen.

Arbeite ruhig und gediegen,
was nicht fertig wird, bleibt liegen.

DENKEN IST ARBEIT, ARBEIT IST ENERGIE
UND ENERGIE SOLL MAN SPAREN!

**Ich liebe meinen Job.
Allein die Arbeit ist es, die ich hasse.**

In der Bibel steht, dass wir sechs Tage arbeiten und
am 7. Tag ruhen sollten. Wo aber steht, dass wir
am 8. Tag wieder anfangen sollen, zu arbeiten?

# → Beamte im Blickpunkt ←

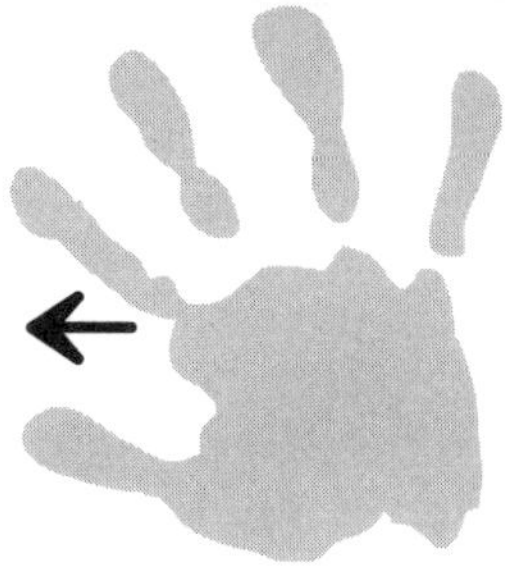

**Alle schimpfen über die Beamten, dabei tun sie doch gar nichts.**

**Hütet euch vor Bürokraten, die behindern unsere Taten.**

DIE PFLICHTERFÜLLUNG EINES BEAMTEN IST MIT SEINER ANWESENHEIT ERSCHÖPFT.

*Beamte sind oft die besten Ehemänner:*
*Am Abend sind sie nicht müde*
*und die Zeitung haben sie auch schon gelesen.*

**Die Qualität eines Beamten wird nicht danach bemessen, wie viele Akten er abschließt, sondern wie viele er anlegt.**

Zuerst schließen wir die Augen,
dann sehen wir weiter.

**Was du heute kannst besorgen, das erledigen andere morgen.**

# MANCHE BEAMTE SIND MENSCHLICHE IMMOBILIEN!

*Wenn du Butter willst,*
*schicke Milch auf dem Dienstweg...*

Was ist der Unterschied zwischen Holz und einem Beamten?
**Holz arbeitet.**

Was ist „Beamten-Mikado“ ?
Wer sich zuerst bewegt, hat verloren.

**Beamten sind die Träger der Nation...**
**...einer träger als der andere!**

*Welche zwei Dinge arbeiten*
*in einem Büro*
*auf einer Behörde immer?*
*Kaffeemaschine und Ventilator!*

**Bei Beamten spricht man von Dienstzeit,**
**nicht von Arbeitszeit.**

Wer viel arbeitet, macht viele FEHLER.
Wer wenig arbeitet, macht wenig FEHLER.
Wer überhaupt nicht arbeitet, macht keine FEHLER.
Wer keine FEHLER macht, wird befördert...

Man kann einen Beamten nicht entlassen - nur „wegbefördern".

Beamte dürfen nichts annehmen, nicht einmal Vernunft.

**Was ist ein 08/15 Beamter?**

**0 Ahnung,**
**8 Stunden dumm rumsitzen,**
**A15 – Bezahlung.**

Warum können Beamte nicht tanzen?
Weil es keine Musiker auf dieser Welt gibt, die so langsam spielen können!

Warum trinken Beamte morgens schon einen Kräuterschnaps?
Damit wenigstens der Magen arbeitet.

*Wie heißt eigentlich die Hymne der Beamten?*
***Wake me up before you go go...***

Beamte sind ein wundersames Beispiel für die Vermehrung von Menschen auf ungeschlechtliche Weise.
*Ursula Noack*

BEAMTENDREIKAMPF?
KNICKEN, LOCHEN, ABHEFTEN.

Wenn ein Beamter mit den Augen zwinkert, öffnet er ein Auge!

**Auch tote Hosen können ein Amt bekleiden.**
*Erhard Horst Bellermann*

Beamten ist es ab sofort verboten, Papiertaschentücher zu benutzen! Warum? Weil da Tempo drauf steht.

BEAMTE SIND OFT WIE DIE BÜCHER IN EINER BIBLIOTHEK. DIE ÜBERFLÜSSIGEN STEHEN GANZ WEIT OBEN.

Schlaf vor Mitternacht soll der gesündeste sein?
Dann müssten Beamte kerngesund sein.
*Erhard Blanck*

**Der Montag ist für manchen Beamten besonders stressig: Er muss zwei Kalenderblätter abreißen.**

**BEAMTE WERDEN NICHT VERSETZT, SONDERN UMGEBETTET.**

# 4. Dumme Sprüche rund um Hobby und Freizeit

**So mancher Schwimmer hat ein chlorreiches Leben hinter sich.**

# → Rund um den Sport ←

**Das Brutalste am Fußball sind die Eintrittspreise.**

**Ein Taucher, der nicht taucht, taucht nix.**

Sollten Sie dieses Spiel atemberaubend finden,
dann haben Sie es an den Bronchien.
*Marcel Reif*

**Lieber ein Schwimmbecken als einen Tennisarm.**

Wir dürfen jetzt nur nicht den Sand in den Kopf stecken!
*Lothar Matthäus*

OBWOHL MAN IHN ZUM REITEN ZWANG,
BELEGTE ER DEN ZWEITEN RANG.

***Lieber hoch zu Ross als unter aller Sau!***

Ist die Badehos' zu klein,
passt vielleicht nicht alles rein!

**Hast du eine Leistungszerrung?**

**WIE NENNT MAN DIE FUSSBALLSCHUHE VON JESUS?**
Christstollen.

**Ist das Spielfeld nass und cool,**
**dann ist es wohl ein Swimmingpool.**

*In der Mannschaft führen wir nur noch Einzelgespräche, damit sich keiner verletzt.*

Bleibt der eig'ne Atem stocken,
wechselt man die Tennissocken.

**Was sind elf Nationalspieler hintereinander?**
Ein Flaschenzug.

Bei der Fußball-WM habe ich mir Österreich gegen Kamerun angeschaut. Auf der einen Seite Exoten, fremde Kultur, wilde Riten – und auf der anderen Seite: Kamerun!
*Dieter Nuhr*

**LIEBER SCHWEISSPERLEN ALS GAR KEIN SCHMUCK.**

Wasserball ist ein harter Sport, besonders für Nichtschwimmer.

**Wenn wir hier schon nicht gewinnen,**
**dann treten wir ihnen wenigstens den Rasen kaputt.**
*Rolf Süßmann*

Was ist der Unterschied
zwischen Boris Becker und Helmut Kohl?
Bei Boris freut man sich auf den zweiten Satz.

**Welche ist die kleinste Brauerei Deutschlands?**
Das Nationalteam, die haben elf Flaschen.

TRIMM DICH, SPRING MAL
ÜBER DEINEN SCHATTEN.

Das Positive war, dass wir kaum Fehler gemacht haben.
Das Negative war,
dass wir auch keine Punkte gemacht haben.

Fußball verbindet.
Die eine Hälfte der Zuschauer gegen die andere Hälfte.

**Wussten Sie schon,**
**dass die Skifahrer einen Hang zum Hang haben?**
*Werner Mitsch*

***Man soll den Gegner nicht schlechter machen,***
***als er ohnehin ist.***
*Mark Twain*

Das Tennisspiel ist schnell erlernt,
wenn man nur das Netz entfernt.

# → Für Fischer und Angler ←

Alle Fische legen Eier,
die russischen sogar Kaviar!

**Auch Fische können riechen,
besonders, wenn sie lange liegen.**

*Außer der Ölsardine erblickt kein Lebewesen
zweimal das Licht der Welt.*

Bei der Fischsuppe und der Politik
sollte man nicht zuschauen, wie sie gemacht werden.

BISMARCK WAR AUCH NUR EIN HERING.

***Das Wichtigste beim Angeln sind lange Arme,
damit man zeigen kann, wie groß der Fisch war.***

**DER FISCH WILL DREIMAL SCHWIMMEN.
IM WASSER, IM SCHMALZ UND IM WEIN.**

Der Fischer sagt nur dann die Wahrheit,
wenn er einen anderen Fischer einen Lügner nennt.

**LIEBER FORELLE BLAU ALS ROLLMOPS NÜCHTERN.**

## Der Fluss kippt um, die Fische üben Rückenschwimmen.

Die Fische schlafen auch. Dafür haben sie das Flussbett.

Die Angelsachsen bestreiten ihren Lebensunterhalt
nicht nur mit Fischefangen.

DIE WALE GEHÖREN ZU DEN SÄUGETIEREN,
DIE HERINGE ZU DEN SALZKARTOFFELN.

*Ein Schüler ohne Schule ist wie ein Fisch ohne Fahrrad.*

Erzählt ein Fischer vom Killerwal,
war es bestimmt ein junger Aal.

Fischstäbchen sind auch nur toter Fisch.

**Trägt die Nixe Schillerlocken,
haut's den Matjes von den Socken.**

*Geht dein Chef mal früher fischen,
kannst du schon mal Karten mischen.*

Nur bei Hochwasser kommen Fische
auf einen grünen Zweig.

In Netzstrümpfen hat sich schon mancher tolle Hecht verfangen.

# → Zum Thema Tiere ←

Eine Kuh macht muh,
viele Kühe machen Mühe.

**Will der Mensch die Eier eckig,
geht's den Hühnern aber dreckig.**

Katzen würden Whisky saufen.

Haben Sie schon mal eine Lachmöwe
auf einer Heulboje sitzen sehen?

*Nur tote Fische schwimmen mit dem Strom.*

Ein Kamel ist ein von einem Komitee entworfenes Pferd.

**Mäuse trinken keinen Alkohol.
Sie haben Angst vor dem Kater.**

Wenn im Hof der Metzger parkt,
kriegt das Schwein 'nen Herzinfarkt.

***Mir schwant was – sagte der Entenvater,
als er die langen Hälse seiner Kinder sah.***

Braucht der Bauer nur einen Schinken,
sieht man die Sau mit dem Holzbein winken.

Kaum eine Gans glaubt
an das Leben nach Weihnachten.

RÜLPST IM STALLE LAUT DER KNECHT,
WIRD SOGAR DEN SÄUEN SCHLECHT.

*Das höchste Glück der Pferde*
*ist der Reiter auf der Erde.*

**Die Schlauheit des Fuchses besteht zu 90 Prozent
aus der Dummheit der Hühner.**

**Lieber Hahn im Korb
als Hähnchen im Grill.**

Tiere irren selten, denn Irren ist menschlich.

Manche Leute regen sich auf, wenn ihnen ein Vogel
auf den Kopf scheißt. Dabei kann man froh sein,
dass Elefanten nicht fliegen können ...

**Die letzten Worte der Forelle: Alles in Butter.**

**Wo wohnen Katzen? – Im Miezhaus!**

***Wenn die Katze ein Pferd wäre, könnte man die Bäume hinauf reiten.***

Größe ist nicht immer ausschlaggebend:
Während die Wale fast ausgerottet sind,
geht es den Ameisen nach wie vor blendend.

**Trinkt der Bauer nur noch Bier,
melkt er statt der Kuh den Stier.**

Was zählen Schafe, wenn sie einschlafen wollen?

**Steigt der Eber auf den Erpel,
gibt's noch lange keine Ferkel.**

**Schildkröten können mehr über den Weg erzählen als Hasen.**

Pechvögel zerschellen am Kap der guten Hoffnung.

**Hat der Bauer kalte Hände, flieht die Kuh raus ins Gelände.**

**Kräht das Mäuschen auf dem Dach,
liegt der Hahn vor Lachen flach.**

*Wer mit den Hühnern schlafen geht,
wacht manchmal neben einer Kuh auf.*

Anständige Hunde bellen, bevor sie beißen.

***Steigt der Erpel auf den Hahn,***
***entsteht dabei wohl kaum ein Schwan.***

Ein Elefant ist das größte Tier,
das sich aus einer Mücke machen lässt.

STEIGT DER HAHN NACHTS AUF DEN KATER,
WIRD ER NUR GANZ SELTEN VATER.

**Der Panda wird nicht aussterben,**
**denn er wird ja noch von Fiat gebaut.**

Auch ein blindes Huhn legt mal ein Ei.

Ist der Hahn am Abend heiser,
kräht er morgens etwas leiser.

Eintagsfliegen, die bei schlechtem Wetter geboren werden,
wissen überhaupt nicht, wie schön die Welt sein kann.

**Entfernt die Gitter im Zoo,**
gebt den hungrigen Tieren eine Chance.

**Wenn der Hahn kräht auf dem Mist, weißt du,**
**dass du im Urlaub bist.**

Der Affe ist ein Tier, das auf Bäumen lebt,
besonders gern auf Stammbäumen.
*Ambrose Bierce*

Ein Hoch auf die Hühner!
Ohne sie hätten wir nichts zu gackern.

Ich habe **Null Bock**, meckerte die Ziege.

*Das beliebteste Haustier der Deutschen ist und bleibt* ***das halbe Hähnchen.***

Nur Fledermäuse lassen sich hängen.

Mit den Händen in den Taschen
kann man keine Fliege haschen.

**Erdrosselt die Amseln nicht!**

Ferien auf dem Bauernhof finden nicht nur Kühe doof.

*Kann ein Hund Polizeihund werden,*
*der schon mal eine Wurst geklaut hat?*

**Darüber könnte man streiten:**
**Wenn sich eine Biene in eine Brennnessel setzt, wer sticht hier wen?**

**Welcher Hase läuft auf zwei Beinen?**
**Der Angsthase.**

**Welche Mausefalle hat fünf Buchstaben?**
**Die Katze.**

*Wie unterscheidet man einen Pianisten von einem Maikäfer?*
*Pianisten haben nur einen Flügel.*

**Welches Tier ist das lustigste Tier?**
**Das Pferd, es veräppelt die ganze Straße.**

**Liegt der Bauer tot im Feld, erbt der Sohn das ganze Geld.**

SOLL DIE KÄLBERMAST SICH LOHNEN,
GREIFT DER BAUER ZU HORMONEN.

**Wo Honig ist, da gibt es Fliegen.**

Tiere sind die besten Freunde.
Sie stellen keine Fragen und kritisieren nicht.
*Mark Twain*

**Kräht der Hahn auf dem Huhn,**
**hat das mit dem Wetter nichts zu tun.**

Die meisten Hühner werden schon als Eier
in die Pfanne gehauen.

*Mein Vogel kann surfen. Ist ja auch ein Wellensittich.*

**DER EBER IST EIN ALTES FERKEL.**

Melkt die Bäuerin die Kühe, hat der Bauer keine Mühe.

# → Essen, Trinken und Fröhlichsein ←

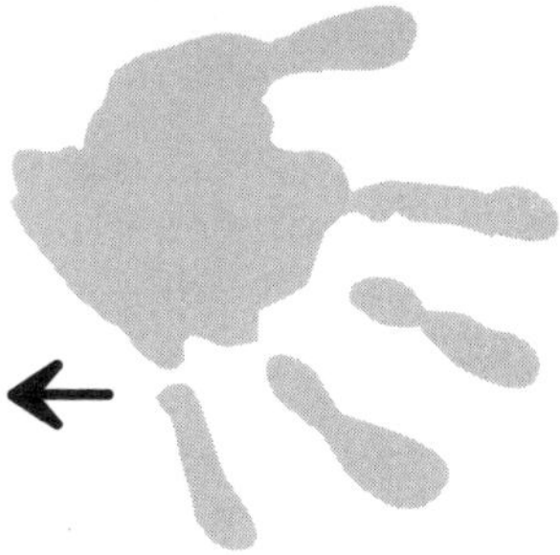

**Bei uns kann man vom Fußboden essen, man findet immer etwas!**

Das bisschen, was ich esse, kann ich auch trinken. Prost!

***Der Mond ist voll und ich hab' auch schon Durst.***

Der Alkohol ist unser größter Feind.
Wo wir ihn antreffen, vernichten wir ihn.

Bei uns kommt kein Tropfen Alkohol auf den Tisch –
wir sind sehr vorsichtig beim Einschenken.

LIEBER KORN IM BLUT ALS STROH IM KOPF.

**Die Engländer haben die Tischreden erfunden,
damit man ihr Essen vergisst.**

**Kein Alkohol am Steuer!
Ein Schlagloch und man verschüttet alles.**

Halb besoffen ist rausgeschmissenes Geld.

Ich suche mir meine Kneipen immer
nach dem Fußboden aus – schließlich möchte ich wissen,
wo ich hinterher einschlafe.

**In Eckkneipen geht es oft am meisten rund.**

*Der Krug geht so lange zum Munde, bis man bricht.*

Ich habe kein Problem mit Alkohol, nur ohne.

Ich bin nie besoffen. Ich kipp' immer schon vorher um.

LIEBER PILS-BIER ALS SHAKESPEARE.

Wer einen Kater hat, ist nicht unbedingt tierlieb.

**Was soll das Verfallsdatum auf saurer Sahne?**

**Alkohol tötet langsam. Wir haben also viel Zeit.**

WIE MAN SICH FÜTTERT,
SO WIEGT MAN.

Lieber einen Bauch vom Saufen
als einen Buckel vom Arbeiten.

**Lieber Bockbier als Ziegenmilch.**

MIT HAAREN, SO BUNT WIE EIN SMARTIE, IST MAN DER HIT AUF JEDER PARTY.

*Nichts wird so heiß gegessen,*
*wie es einem den Rücken runterläuft.*

**Honig klebt am längsten.**

Was man im Zug Überfüllung nennt,
heißt in Kneipen Atmosphäre.

**Lieber eine dunkle Kneipe als ein heller Arbeitsplatz.**

**Je größer das Konfekt, desto größer die Konfektionsgröße.**

WER NIE EINE RUNDE AUSGIBT, ECKT AN.

Altklug kann man nur in der Jugend sein, naiv auch später.

Der Vorteil von Bier ist: Es macht keine Rotweinflecken.

Gibt es in einer Teefabrik Kaffeepausen?

**Ich bin nicht übergewichtig, ich bin untergroß.**
*Garfield*

So richtig fett wirst du nur im Bett.

Niemand trägt auf einer Party so viel zur Unterhaltung bei
wie diejenigen, die gar nicht da sind.
*Audrey Hepburn*

Lieber einen zu viel getrunken, als einen zu viel bezahlt.

**Wegen verlorener Kilos ging noch nie jemand ins Fundbüro.**

Wer abnehmen möchte, sollte die Vorspeise weglassen und statt des Hauptgerichts kein Dessert nehmen.
*Werner Mitsch*

**Alle Pilze sind essbar.**
**Manche sogar öfter.**

Ich bin dick, du bist doof. Ich kann abnehmen und du?

**Die meisten Frauen nehmen nur beim Telefonieren ab.**

*Diäten vernichten die Eigenschaften einer Frau,
die sie besser behalten hätte.*

GUTE DIÄTEN FETTEN AB.

**Brot für die Welt, Kuchen für mich.**

**Chinesische Diät:**
Drei Wochen Hühnerbrühe mit Stäbchen gegessen.

LIEBER 'N ALTBIER ALS 'NE NEUROSE.

Fühl' dich wie zu Hause, aber benimm dich nicht so.

Lieber Wurstfinger als Knoblauchzehen.

Dass Alkoholiker nur halb so alt werden,
gleicht sich dadurch aus, dass sie alles doppelt sehen.

**Wer die Spaghetti nicht ehrt, ist der Pizza nicht wert.**

Ein Apfelstrudel ist selbst
für Nichtschwimmer ungefährlich.

**Je nuller die Uhr, desto mitter die Nacht.**

Lieber besoffen und blank als nüchtern und krank.

***Semmelbrösel in den Socken***
***hält den ärgsten Schweißfuß trocken.***

Lieber einmal warm essen als zweimal kalt duschen.

Zwischen Leber und Milz,
passt immer noch ein Pils.

Essen und Trinken halten Leib und Kehle zusammen.

Ich finde, Schaschlik ist ein besonders spießiges Gericht.

*Wer abnehmen will, sollte den Mund nicht zu voll nehmen.*

**Man muss die Gäste feuern,
wenn sie lallen.**

Rosinen, die man im Kopf hat,
schaden der Figur nicht.

**Trinke nie zu viel, denn die letzte Flasche,
die draufgeht, könntest du selbst sein.**

Bier, das nicht getrunken wird, hat seinen Beruf verfehlt.

Der gute Ton ist out, der Sound ist in.

Warum werben eigentlich Fastenkliniken
mit ihren Stammkunden?

**Lieber Eis am Stiel
als Dreck am Stecken!**

Lieber ein kräftiger als ein armer Schlucker.

Trinkt der Bauer zu viel Bier,
melkt der Trottel seinen Stier.

Mit des Bieres Hochgenuss
wächst des Bauches Radius.

Was sagt die Waage, wenn du dich wiegst?
**Bitte einzeln aufstellen!**

WILLST DU FETT UND HÄSSLICH SEIN,
ZIEH DIR NOCH 'NE MILKA REIN.

**TRINKT DER BAUER UND FÄHRT TRAKTOR,
WIRD ER ZUM GEFAHRENFAKTOR.**

Haben Analphabeten genauso viel Spaß
mit einer Buchstabensuppe?

**Wo man Bier trinkt, kannst du ruhig lachen,
böse Menschen trinken schärfere Sachen!**

**Wo früher meine Leber war,
ist heute eine Minibar.**

Teigwaren heißen Teigwaren, weil sie einmal Teig waren.

***Wer nicht liebt Weib, Wein und Gesang,
der bleibt ein Narr sein Leben lang.***

Die Banane ist das einzige legale krumme Ding.

**Wer kein Bier hat, der hat auch nichts zu trinken.**

Schaffst du im September nichts in den Keller,
blickst du im Winter auf leere Teller.

**WER DAS BIER NICHT EHRT, IST DES DELIRIUMS NICHT WERT.**

Wein auf Bier, das rat' ich dir, Bier auf Wein ist auch ganz fein.

Keiner sieht es, wenn ich Durst habe,
aber alle sehen es, wenn ich betrunken bin.

BIER TRINKEN IST BESSER, ALS QUARK REDEN.

Ist du abends Zwiebelbrot,
sind morgens im Zimmer die Fliegen tot.

Fasten? Ja.
Aber bitte nur zwischen den Mahlzeiten.

Ein Vegetarier ist ein Beweis für die Theorie, dass man sich auch ohne Schweinefleisch sauwohl fühlen kann.

Feste feiern ist besser, als feste arbeiten.

Ich bin zwar Vegetarier,
aber Tofu mag ich trotzdem nicht.

SCHOKOLADE IST GUT GEGEN ZÄHNE.

**Die Vegetariermutter ruft:** Kinder, reinkommen – sonst wird das Essen welk.

Ich habe nicht die Spitze der Nahrungskette erklettert, um Gemüse zu essen.

Köche, die man in England zum Ritter schlägt, werden in Frankreich in die Pfanne gehauen.
*Werner Mitsch*

Willst du abnehmen? Dann pflücke Obst!
*Erhard Horst Bellermann*

**Der Klügere kippt nach!**

Wenn wir abnehmen, wird dadurch das Leben nicht automatisch leichter.
*Margot S. Baumann*

LIEBER AM STRAND BRATEN, ALS AM HERD KOCHEN.

**Festredner sind Leute, die im Schlaf anderer Menschen sprechen.**
*Jerry Lewis*

GLÜCKLICH IST, WER VERFRISST,
WAS NICHT ZU VERSAUFEN IST.

Das Fleisch ist willig, aber der Koch ist schwach.

Steter Tropfen leert das Hirn.

Ich bin zutiefst gerührt, sprach der Teig.

Vorsicht beim Essen von Östrogen,
es könnte Kalbfleisch drin sein.

Im Falle eines Durchfalles ist Tempo wirklich alles.

Brot für die Welt –
die Wurst bleibt hier.

Als wir noch dünner waren, standen wir uns näher.

Lieber kleckern als kotzen.

# → Für Raucher ←

Millionen Tabakpflanzer
können nicht irren!

*Am Morgen ein Joint, und der Tag ist dein Freund.*

**Lieber Gras rauchen als Heuschnupfen.**

Du hast vielleicht schöne Zähne! Gibt's die auch in Weiß?

Die Asche fällt nicht weit vom Mann.

RAUCHER KÖNNTEN LÄNGER LEBEN,
WÜRD' ES KEINE KIPPEN GEBEN.

Wer mich küsst, kann genauso gut
den Aschenbecher auslecken.

**LOTTO SPIELEN KOSTET AUCH EINEN HAUFEN GELD
UND BRINGT NICHTS.**

***Alter schützt vorm Rauchen nicht.***

Enthaltsamkeit ist eine Zier, doch schöner ist es ohne ihr ...

Über meinen Geschmack lässt sich nicht streiten.
Bier macht dick, Schnaps macht krank, ich bin Raucher –
Gott sei Dank!

TABAK IST GEMÜSE. UND GEMÜSE IST GESUND.

Wer raucht, macht mit den Fingern keinen anderen Unsinn.

Ein tiefer Zug zur rechten Zeit,
schafft Ruhe und Behaglichkeit.

Es gibt viel zu rauchen – zünden wir's an.

Alkohol erweitert die Gefäße – Rauchen gleicht's wieder aus.

Für meine Lunge sehe ich schwarz.

Lieber rauchen
als gar keine Pause.

Sind wir nicht alle ein bisschen süchtig?

Du siehst ja die Zigarette vor lauter Rauch nicht.

ICH RAUCHE, ALSO BIN ICH.

Trau keiner Schachtel über dreißig.

# → Zum Thema Gesundheit und Krankheit ←

**So alt, wie wir heute aussehen, werden wir nie werden.**

Nehmen Sie Ihre angeschlagene Hüfte
nicht auf die leichte Schulter.

Man ist so jung, wie man sich anfühlt.

Wer gesund ist, wurde nur nicht gründlich untersucht.

Ich habe meinem Arzt neulich seine Rechnung
ungeöffnet zurückgeschickt.
Er hatte mir nämlich jede Aufregung verboten.

Die Diagnose des Hautarztes
war ausschlaggebend.

Nichts macht so alt
wie ein lange zurückliegendes Geburtsdatum.

Die Irrtümer des Arztes sind mit Erde zugedeckt.

*Alle Chirurgen sind Aufschneider.*

**Kosmetik ist die Kunst,**
**aus der Not eine Jugend zu machen.**

Ein Gesicht ohne Sommersprossen
ist wie ein Himmel ohne Sterne.

WIE HIESS NOCH MAL DIE KRANKHEIT,
BEI DER MAN ALLES VERGISST?

Gegen Hexenschuss hilft auch keine kugelsichere Weste.

Trage nie eine Anstecknadel, wenn du erkältet bist.

*Der Chirurg kann alles und weiß nichts.*
*Der Internist weiß alles und kann nichts.*
*Der Pathologe weiß alles und kann alles,*
*aber es nützt dem Patienten nichts mehr.*

**Warum laufen Nasen, während Füße riechen?**

**Der beste Arzt ist oft der schlechteste Patient.**

Wenn du zum Arzt gehst, so ist das oft vergebens,
nie aber umsonst.

Ein Virus kommt selten allein.

**WER A SAGT, STRECKT DIE ZUNGE RAUS.**

# → Über Computer ←

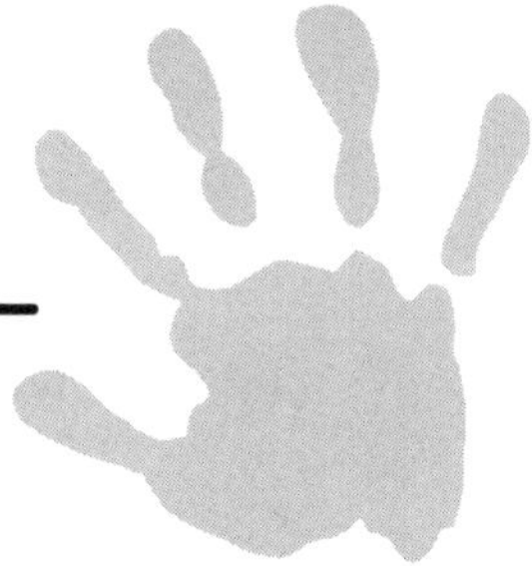

**Windows kam, sah und versagte.**

Ein Computer kann alles, aber sonst nichts.

DER COMPUTER IST DIE ANTWORT,
DOCH WAS WAR EIGENTLICH DIE FRAGE?

Irren ist menschlich, aber um richtig Mist zu bauen,
braucht man einen Computer.

**Das Internet bietet eine Million Antworten auf nie gestellte Fragen.**

Wer einen Computer hat, braucht keine Feinde mehr.

**Grausam – heute ist mein Computer abgestürzt. Ich musste selber denken!**

Computer sind das bislang genialste Produkt
der menschlichen Faulheit.

**Der Computer ist ein Rechner, kein Denker!**
*Werner Mitsch*

90 Prozent aller Fehler sitzen vor der Tastatur.

Software und Hardware sind Menschenware.
*Erhard Horst Bellermann*

Als es noch keine Computer gab,
war das Programmieren noch relativ einfach.

Ein Computer kann alles besser, auch Fehler machen.
*Erhard Blanck*

Manche Computer kosten ein Vermögen,
manche nur den Verstand.

COMPUTER SIND IMMER NUR SO INTELLIGENT
WIE DER, DER DAVOR SITZT.

Der ideale Computer ist noch zu entwickeln. Man gibt seine Probleme ein und sie kommen nie wieder heraus.

Computer können alles.
Mich können sie kreuzweise.

*Prozessor sagt zum Speicher: „Bitte ein Bit!“*
*Der Anwender zum Computer: „Ich trink' eins mit!“*

DER BILLIGSTE SPITZENCOMPUTER SITZT
IMMER NOCH ZWISCHEN DEINEN OHREN.

COMPUTER SIND UNBESTECHLICH,
DAS IST DAS UNMENSCHLICHE AN IHNEN.

Computer sind nicht intelligent.
Sie glauben das nur.

Im Zeitalter der Computer und des Internet gibt es immer mehr Menschen, die sich mausig machen.

Das Tieferlegen der Festplattenköpfe erhöht keineswegs die Zugriffszeit.

Press any key to continue ...
... press any other key to abort ...

Computer machen keine Fehler.
Wie alles, was nicht denken kann.

***Ein Computer wird das tun,***
***was du programmierst – nicht das, was du willst.***

Man kann seinen Computer nicht wie eine Frau behandeln. Eine Computer braucht Liebe.

**Alle PCs sind kompatibel.**
**Nur sind manche kompatibler als andere.**

*Alle reden von 32 Bit ... Bei mir stehen sie im Kühlschrank.*

Man sollte sich klar machen, dass ein Computer
im Grunde nicht einmal bis zwei zählen kann –
das aber unglaublich schnell.

Computer sind die klügsten Idioten, die es gibt.

Ich habe einen 386er und einen 486er aus dem Fenster geworfen. Der 486er war tatsächlich schneller!

***Du wirst in einer Onlinedatenbank alles finden, nur nicht das, was du suchst.***

Ein Computer stürzt nur ab,
wenn der Text lange nicht gespeichert wurde.

Service VOBISt du? ESCOMt keiner!

**EDV – Ende der Vernunft.**

Der Computer ist eine phantastisch wirksame Maschine, die in wenigen Augenblicken so große Fehler produzieren kann, wie sie selbst viele Menschen nur in vielen Monaten machen können.

*Wird der Junge um die weinen, die er im Computer abschießt?*

**Der Computer ist eine großartige Erfindung. Es passieren genauso viele Fehler wie früher. Aber niemand ist daran schuld.**

# 5. Dumme Sprüche rund um Wirtschaft, Technik, Natur und Kultur

**Die Industrie steht in voller Blüte, man sieht es an der toten Natur.**

# → Rund um die Themen Wissenschaft und Technik ←

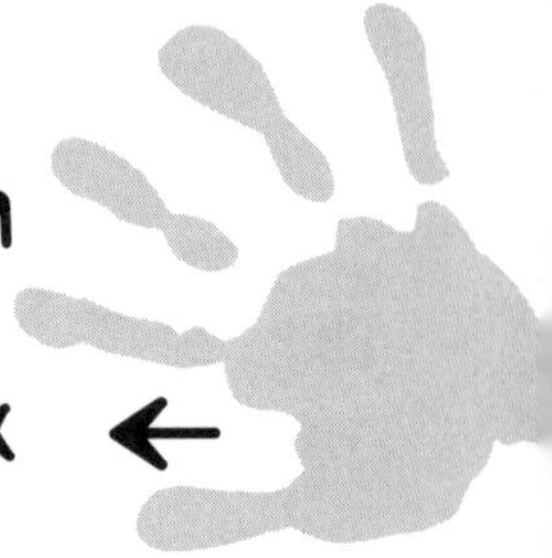

**Chemie ist, was knallt und stinkt,
Physik ist das, was nie gelingt.**

Moderne Technik erleichtert dem Menschen nur das, was er sich im Laufe seiner Entwicklungsgeschichte schwer gemacht hat.
*Marius Wodarczkyk*

EXPERTEN LERNEN SO LANGE WENIGES, BIS SIE ALLES ÜBER NICHTS WISSEN.

**Schützt die Glühlampen vorm Lampenfieber.**

*Wenn das so weitergeht mit der Technik, wird der Mensch eines Tages auf sich verzichten können.*

**Macht doch, Watt ihr Volt da Ohm!**

Handys sind die einzigen Objekte, bei denen Männer sich streiten, wer das kleinere hat.

**Fünf von vier Leuten haben Probleme mit Teilmengen.**

Früher haben die Menschen an den Fortschritt geglaubt,
heute wissen wir, dass es keinen Fortschritt gibt.
Das ist ein Fortschritt.

Siehe da! Die Menschen sind die Werkzeuge
ihrer Werkzeuge geworden.
*Henry David Thoreau*

Man sollte mit dem Auto
nie schneller fahren,
als der Schutzengel fliegen kann.

**Der Kreis ist eine geometrische Figur,**
**bei der an allen Ecken und Enden**
**gespart wurde.**

Alles lässt sich so lange verbessern,
bis es endlich nicht mehr funktioniert.

**Glaub' keiner Statistik,**
**die du nicht selbst**
**gefälscht hast.**

**Folgten wir nur der Tradition, so lebten wir immer noch in Höhlen. Folgten wir nur dem Fortschritt, wäre das bald wieder der Fall.**

**EIN PHYSIKER IST JEMAND, DER JEDEN TECHNISCHEN DEFEKT ERKLÄREN, ABER NICHT REPARIEREN KANN.**

Wo die Zukunft verbaut ist, wird die Gegenwart zur Hölle.

Birnen kann man durch leichte Drehung nach links schnell aus der Fassung bringen.

GIBT ES LEBEN AUF DEM MARS? NEIN!
GIBT ES LEBEN AUF DEM MOND? NEIN!
GIBT ES LEBEN AUF DER ERDE? NOCH!

**Wozu Fortschritt, wenn früher doch alles besser war?**

Die Wissenschaftler bemühen sich, das Unmögliche möglich zu machen. Die Politiker bemühen sich oft, das Mögliche unmöglich zu machen.
*Bertrand Russell*

**DIE SUMME DER INTELLIGENZ AUF DEM PLANETEN IST EINE KONSTANTE. DIE BEVÖLKERUNG WÄCHST.**

*Ich halte nichts von der Sonderstellung der Menschheit in der Natur. Die Menschheit ist auch nichts anderes als die Fischheit und die Regenwurmheit.*

Maschinen, die versagt haben, funktionieren einwandfrei, wenn der Kundendienst kommt.

# → Über die Welt, Natur und Umwelt ←

## Alle wollen zurück zur Natur, doch keiner zu Fuß!

Wenn auf anderen Planeten kein Leben möglich ist,
auf unserem ist es ganz bestimmt auch nicht leicht.

***Bäume haben den Menschen einiges voraus:
Sie sind auch in Massen noch schön.***

Die Welt ist einen Kilometer unter der Erde
noch völlig in Ordnung.

DER MENSCH IST ZU ALLEM FÄHIG,
WARUM NICHT AUCH ZUM FRIEDEN?

**NOCH GIBT ES GENÜGEND WALD FÜR STRASSEN.**

Die Erde ist ein Raumschiff und wir sind blinde Passagiere.

Abwasser ist ein Thema, das unbedingt geklärt werden muss.

Lieber alternativ als passiv.

Wir haben den Krieg verloren –
hoffentlich finden wir ihn nicht wieder.

Freiheit für Grönland – weg mit dem Packeis.

*Zurück zur Natur, solange sie noch da ist.*

**Entweder wir schaffen die Rüstung ab,
oder die Rüstung schafft uns ab.**

**Wenn die Erde schreien könnte,
wären wir taub.**

Stellt euch vor, es gäbe Krieg und keiner ginge hin.

**Der Baum hat Äste, das ist das Beste.
Denn wär' er kahl, dann wär's ein Pfahl!**

Haltet die Welt an, ich möchte aussteigen.

Was ist Wind? Wind ist Luft, die es eilig hat.

Ich hätte ja fast eine Weltreise gemacht,
aber dann wollte ich doch woanders hin.

**Geschichtsschreibung ist nichts anderes als die
Unfallchronik der Menschheit.**

Den Blick in die Welt kann man mit einer Zeitung versperren.

Was macht das Volk? Es folgt!

Es ist nicht der Fluss, der fließt,
sondern das Wasser.

Dies ist die Beste aller unmöglichen Welten.

LIEBER HEUTE AKTIV ALS MORGEN RADIOAKTIV.

Besser ungekämmt, als vom Stahlhelm frisiert.

Nieder mit dem Watzmann –
freie Sicht auf Südtirol.

Jede Energieform hat ihre Schönheizfehler...
*Werner Mitsch*

GEGENDEN OHNE LANDSCHAFT
NENNT MAN STÄDTE.

Der König sagte zum Priester:
Halte du sie dumm, ich halte sie arm!

Auf dem Mond muss es nicht unbedingt Leben
geben, bloß weil da jeden Abend Licht brennt.

Die chemische Reinigung nimmt jetzt auch Lebensmittel an.

LIEBER WARMER MIEF
ALS KALTER OZON.

NUR EIN GÄRTNER WEISS IM VORAUS, WAS IHM BLÜHT.

Kein Wunder, dass die Erde schlapp macht, wenn sie sich das ganze Jahr abhetzt und um die Sonne rennt.

Lieber am Busen der Natur
als am Arsch der Welt.

*Der Himmel ist so grau,*
*weil alles Blaue schon heruntergelogen wurde.*

**Je strahlender das Weiß unserer Wäsche,**
**desto trüber das Grau unserer Flüsse.**

Umweltschützer erkennt man daran, dass sie ihre Busfahrkarte nicht wegwerfen, sondern mehrfach benutzen.

Sauer macht lustig. Unser Wald lacht sich tot!

Wenn man sieht, was der liebe Gott auf der Erde
alles zulässt, hat man das Gefühl,
dass er immer noch experimentiert.
*Peter Ustinov*

# → Das Beste für Autofahrer ←

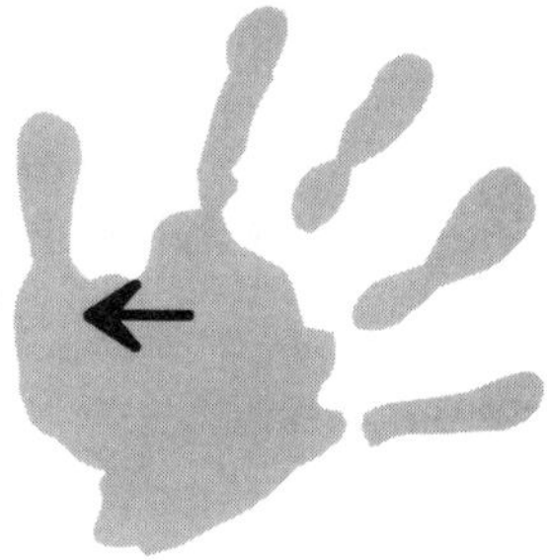

**Der Hubraum eines Autos sollte nie den des Gehirns des Fahrers übersteigen!**

**Die Stoßstange ist aller Laster Anfang.**

Geisterfahrer sind sehr entgegenkommend.

FÄHRT MAN RÜCKWÄRTS AN DEN BAUM, VERKLEINERT SICH DER KOFFERRAUM.

Alle pflegen ihr Auto, ich mein Laster.

Ein Nickerchen hinterm Lenkrad schützt garantiert vorm Älterwerden.

Aufschrift auf einem Mini:
Vor dem Unfall war ich ein Maxi.

**Follow me, if you can ...** (von einem Porsche).

**Das Auto eines Mannes ist ein Fortbewegungsmittel, das mit einer Mischung von Treibstoff und Angeberei gefahren wird.**

Okay, meiner braucht 25 Liter,
aber dafür sind meine Türen nicht aus Zeitungspapier.

Windschutzscheibe:
Das Brett vorm Kopf ist durchsichtig geworden.
*Werner Mitsch*

SCHADSTOFFSTARK UND LEISTUNGSARM.

**Mindestens haltbar bis ... siehe Bodenblech.**

**Hier arbeiten 360 Pferde
und ein Esel lenkt.**

Alle Trabbifahrer kommen in den Himmel. Warum?
Sie hatten bereits die Hölle auf Erden.

**Wer bremst, hat Angst.**

Gott schütze uns vor Sturm und Wind und Autos,
die aus Japan sind.

***Wer später bremst, fährt länger schnell.***

**Damit eins klar ist: Die Straße gehört mir!**

Lieber schwarzfahren als blau anlaufen.

Folgen Sie mir nicht.
Ich habe mich auch verfahren.

Fahren Sie ruhig rein, ich kann das Geld gebrauchen.

***Wer durch die Hölle will, muss verteufelt gut fahren.***

Lieber ‘n Mofa in der Garage, als ‘nen Porsche am Baum.

**Lieber mit dem Mercedes zum Vergnügen, als mit dem Fahrrad zur Arbeit.**

Eine ausgestreckte Hand bewirkt mehr als eine geballte Faust.

Wenn ein Mann einer Frau die Autotür aufmacht,
ist entweder die Frau neu oder –
und dies ist wahrscheinlicher – das Auto.

Was ist schlimm daran, wenn zwei Männer in einem VW Golf gegen eine Betonmauer rasen? Das ist Platzverschwendung, da hätten auch fünf reingepasst.

**Die drei größten Krisen im Leben eines Mannes: Frau weg – Job weg – Kratzer im Lack!**

*Sie können mich ruhig überholen,
aber an Gott kommen Sie nicht vorbei.*

Wir bleiben zusammen, bis der TÜV uns scheidet.

Jage nicht,
was du nicht töten kannst.

***Will der Bauer schneller pflügen,***
***tät ein Porsche schon genügen.***

Lieber Golf spielen als Golf fahren.

*Wie nennt ein A-Klasse-Fahrer seinen Wagen liebevoll? Purzel.*

Der Rolls Royce ist der Mercedes
unter den Autos.

Auto – der Haushalt des Mannes.
*Erhard Blanck*

RETTET RADKÄPPCHEN VOR DEM BÖSEN GOLF!

Der Fahrlehrer ist ein Mensch,
der jede Stunde einen fahren lässt.

**WENN ICH MERCEDES FAHREN MÖCHTE,**
**RUFE ICH MIR EIN TAXI.**

**Ein Jeep ist ein Cocktailshaker mit fünf Gängen.**

# → Politik und Wirtschaft im Visier ←

IRREN IST MENSCHLICH.
POLITIKER IRREN SICH NIE.

*Was ist schlimmer als ein Politiker, der nicht glaubt, was er sagt? Einer, der glaubt, was er sagt.*

**Tausende Politiker können nicht irren – ernährt euch von Diäten.**

**Autovertreter verkaufen Autos, Versicherungsvertreter Versicherungen. Und Volksvertreter?**
*Stanislaw Jerzey Lec*

DIE REGIERUNG SPART, JETZT MÜSSEN SICH 20 MINISTER EIN GEHIRN TEILEN.

Es genügt nicht, unfähig zu sein, man muss auch in die Politik gehen.

Lasst endlich Menschen in die Politik.

Wer einmal lügt, dem glaubt man nicht, aber man wählt ihn trotzdem.

Vater Staat bringt alles unter Mutter Erde.

Die Politik hat große Ähnlichkeiten mit Jeans:
An den meisten wichtigen Stellen sitzen Nieten.

GEHT NICHT WÄHLEN –
IHR MACHT IHNEN BLOSS MUT!

*Opposition ist die Kunst, so geschickt dagegen zu sein, dass man später dafür sein kann.*

Was gibt mir der Staat? Er gibt mir zu denken.

Achtung, Achtung, hier sprechen die Massen,
der Bundestag wird jetzt entlassen.

Wenn Wahlen etwas ändern könnten,
wären sie längst verboten.

Der Staat bleibt stehen, aber wir gehen weiter.

Ich liebe Politiker auf Wahlplakaten:
Tragbar, geräuschlos und leicht zu entfernen.

Politik heißt: Steuern erfinden,
die man selbst nicht zahlen muss.

Der Kanzler lenkt, aber wer denkt?

# → Über das liebe Geld ←

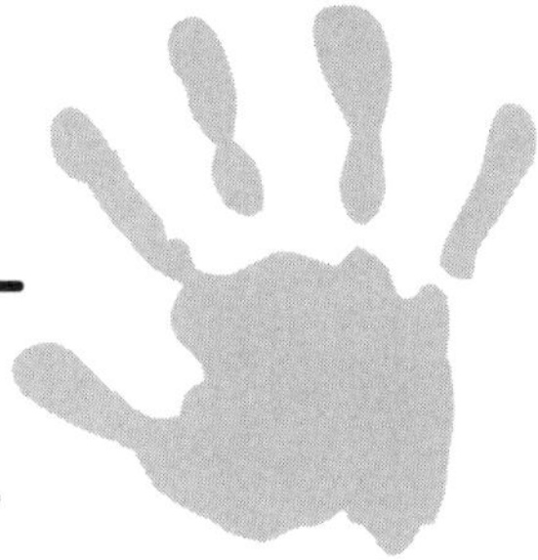

Geld allein macht nicht glücklich,
es muss einem auch gehören.

Schade, dass am Ende des Geldes
noch so viel Monat übrig ist.

MANCHE LEUTE SAGEN, GELD IST ALLES.
SIE HABEN RECHT.

Macht den Reichtum billiger!

Was du heute kannst besorgen,
das kannst du dir morgen bestimmt nicht mehr leisten.

**Kaum hat mal einer ein bissel was,
gleich gibt es welche, die ärgert das.**
*Wilhelm Busch*

BESCHEIDENHEIT IST EINE ZIER,
DOCH WEITER KOMMT MAN OHNE IHR.

Wenn man arbeitet, hat man keine Zeit, Geld zu verdienen.

Das Wichtigste auf dieser Welt kann
man nicht kaufen, nämlich Geld.

Ich habe was gegen Millionäre, aber wenn ich die Chance hätte, einer zu werden, könnte ich für nichts garantieren.
*Mark Twain*

**DIE PHÖNIZIER HABEN DAS GELD ERFUNDEN. WARUM BLOSS SO WENIG?**
*Johann Nepomuk Nestroy*

Wer kein Geld hat, sollte wenigstens nicht arbeiten.

**Man sollte sich Geld nur von Pessimisten leihen, sie erwarten es nicht zurück.**

ALLES, WAS MIR RECHT IST, IST LEIDER NICHT BILLIG.

Wussten Sie schon, dass Wahrsagerinnen ihr Geld im Handumdrehen verdienen?

**Wir stehen hier am Mittelmeer und haben keine Mittel mehr.**

**Lieber Kies in der Tasche als Sand im Getriebe.**

„Zeit ist Geld“, sagte der Kellner und addierte das Datum gleich mit auf die Rechnung.

**Wem das Geld zu Kopf steigt, der hat keinen.**
*Aristoteles Onassis*

KEIN ARMER IST SO ARM
WIE EIN EHEMALIGER REICHER.

ALLE MACHT GEHT VON DER GESÄSSTASCHE AUS.

Bares Geld ist das Teuerste auf der Welt.

***Geizhälse sind unangenehme Zeitgenossen. Aber angenehme Vorfahren.***

Geld ist nicht so wichtig. Darum ist es mir völlig egal, ob ich 70 oder 50 Millionen Dollar besitze.
*Arnold Schwarzenegger*

**Geld ist besser als Armut – wenn auch nur aus finanziellen Gründen.**

Spare in der Schweiz, so hast du in der Not.

Wieso bis zum Monatsende schuften? Das Geld reicht ja auch nur bis zum 15ten.

***Wer nichts weiter tut als Geldverdienen, der verdient auch nichts weiter als Geld.***

Als ich klein war, glaubte ich, Geld sei das Wichtigste im Leben. Heute, da ich alt bin, weiß ich: Es stimmt.
*Oscar Wilde*

Die Nase ist das Einzige, aus dem man noch etwas rausholen kann, ohne dass das Finanzamt die Hand aufhält.

WENN ES NICHT IN DER KASSE KLINGELT, KLINGELT DER GERICHTSVOLLZIEHER.

*Ich lebe ständig über meine Verhältnisse – aber noch lange nicht standesgemäß.*

Ohne Knete keine Fete.

Geld interessiert mich nicht – was Lacostet die Welt?

OHNE MONETEN WERDEN MINUTEN ZU MONATEN.

*Lieber durch Reichtum dümmer als durch Schaden klug.*

**Geld – das spielt bei uns gar keine Rolex.**

**Um ein Darlehen zu bekommen, muss man erst beweisen, dass man keines braucht.**

Jeder hat ein System, reich zu werden, das nicht funktioniert.

**Sei sparsam. Koste es, was es wolle.**

*Wir geben Geld aus, das wir nicht haben, für Dinge, die wir nicht brauchen, um Leute zu beeindrucken, die wir nicht mögen.*

**Das Einzige, was man ohne Geld machen kann, sind Schulden.**
*Karl Pisa*

*Als er in seinen Geldbeutel schaute, musste er feststellen, dass er seiner Zeit wieder einmal weit voraus war.*

**Für Börsenspekulationen ist der Februar einer der gefährlichsten Monate.** Die anderen sind Juli, Januar, September, April, November, Mai, März, Juni, Dezember, August und Oktober.
*Mark Twain*

**Geld macht nicht glücklich, aber man wird besser mit dem Unglück fertig, wenn man nicht arm ist.**

GELD IST EIN ARGUMENT. UND OFT NICHT EINMAL DAS SCHLECHTESTE.

Geldgeschenke sind phantasielos. Vor allem kleine.
*Werner Mitsch*

Der Bankauszug ist ein bequemes Mittel, um festzustellen, wie sehr man über seine Verhältnisse gelebt hat.

**LIEBER EIN VWCHEN ALS EIN WWCHEN.**

***Defizit ist, was man hat, wenn man weniger hat, als man hätte, wenn man gar nichts hat.***

Der Diamant ist ein Stück Kohle, aus dem unter Druck etwas geworden ist.

Geld nennt man heute Knete,
weil man jeden damit weich bekommt.
*Gerhard Uhlenbruck*

**LIEBER NEUREICH ALS NIE REICH.**

Man soll den Scheck nicht vor der Buchung loben.
*Werner Mitsch*

**Wer seine Hände in Unschuld wäscht, ist nur zu geizig, Seife zu kaufen.**

Wenn beim Geld der Spaß aufhört, hat er nie angefangen.
*Klaus Klages*

*Jahrelang habe ich am Hungertuch genagt. Dann hatte ich es satt und stopfte den ganzen Lappen in den Mund.*

**Sieht aus wie im Schlaraffenland, ist bloß überall ein Preisschild dran.**

**Geld allein macht auch nicht unglücklich.**
*Robert Asprin*

# → Allerlei Kulturelles und Intelligentes ←

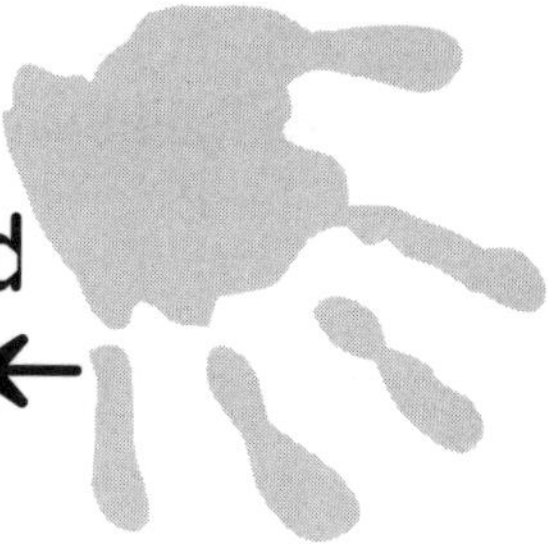

Bildung ist, wenn man weiß,
wo man findet, was man nicht weiß.

**GEWALT IST DIE KAPITULATION DES GEISTES.**

Je größer die Insel des Wissens,
desto länger die Küste der Verzweiflung.

***Früher las ich Karl Marx,***
***doch dann entdeckte ich Pippi Langstrumpf.***

BILDUNGSHUNGER HIN, WISSENSDURST HER –
WO IST DIE NÄCHSTE KNEIPE?

Weg mit der Blasmusik!
Das hat schon die Bürgerinitiative Jericho gefordert.

Es gibt drei goldene Regeln, um ein gutes Buch
zu schreiben – leider sind sie unbekannt.

**Wo ein Wilhelm ist, ist auch ein Busch.**

Die Frage aber bleibt: Tut Ench Amun, was Nofre täte?

**Wer nicht weiß, was er will, muss wenigstens wissen, was die anderen sollen.**

**Oscar war Wilde. Aber Billy war Wilder.**

Dichter heißen Dichter, weil sie nicht ganz dicht sind.

EINE SCHILLERLOCKE MACHT NOCH KEINEN HÖLDERLIN.

Mozart ging nach Wien. Dort heiratete er und wurde arm.

**Wer weiß schon, wie viel er wissen muss, um zu wissen, dass er noch zu wenig weiß?**

Was man ernst meint, sagt man am besten im Spaß.
*Wilhelm Busch*

**MANCHMAL SIND DIE FINGER SCHNELLER ALS DIE RECHTSCHREIBUNG.**

Kunst kommt von Können.
Käme es von Wollen, hieße es Wulst.
Käme es von Dürfen, hieße es Durft.
Käme es von Müssen, hieße es Mus.

Die deutsche Literatur ist einäugig. Das lachende Auge fehlt.
*Ernst Kästner*